Immortelle randonnée

Compostelle malgré moi

Jean-Christophe Rufin

永遠なるカミーノ

フランス人作家による〈もう一つの〉サンティアゴ巡礼記

ジャン゠クリストフ・リュファン

今野喜和人訳

春風社

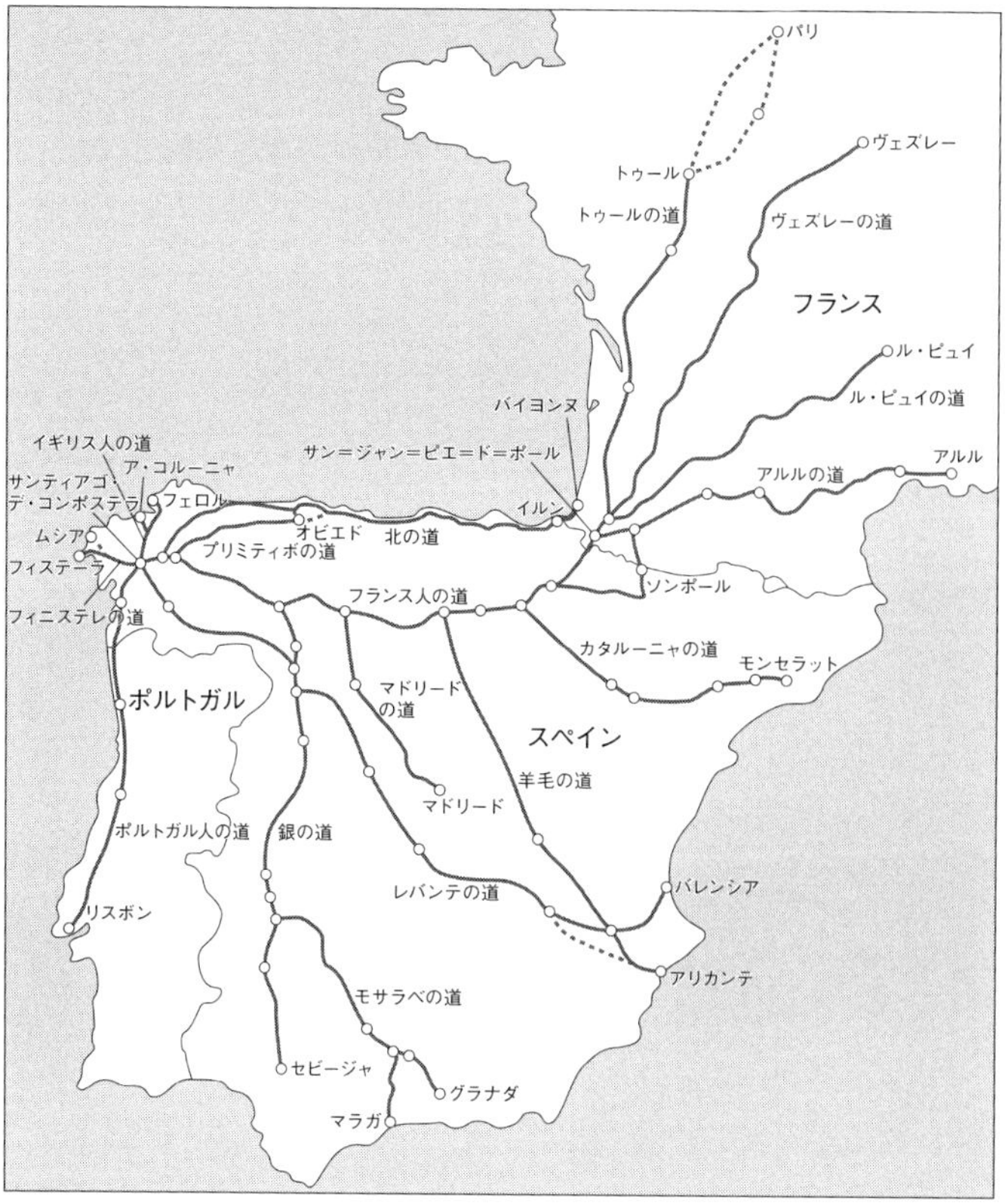

サンティアゴ・デ・コンポステーラ主要巡礼路
※インターネット上の地図（https://www.pilgrimagetraveler.com/way-of-st-james.html など）を参考に訳者が作成。

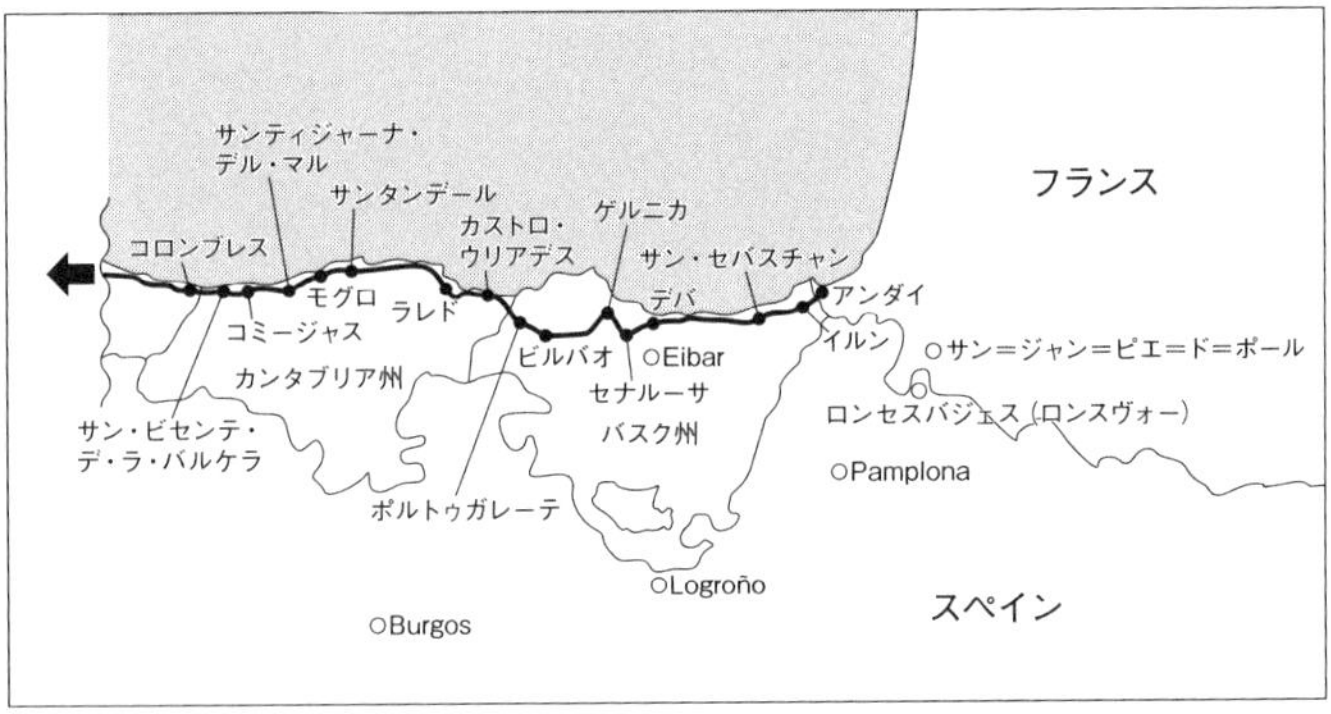

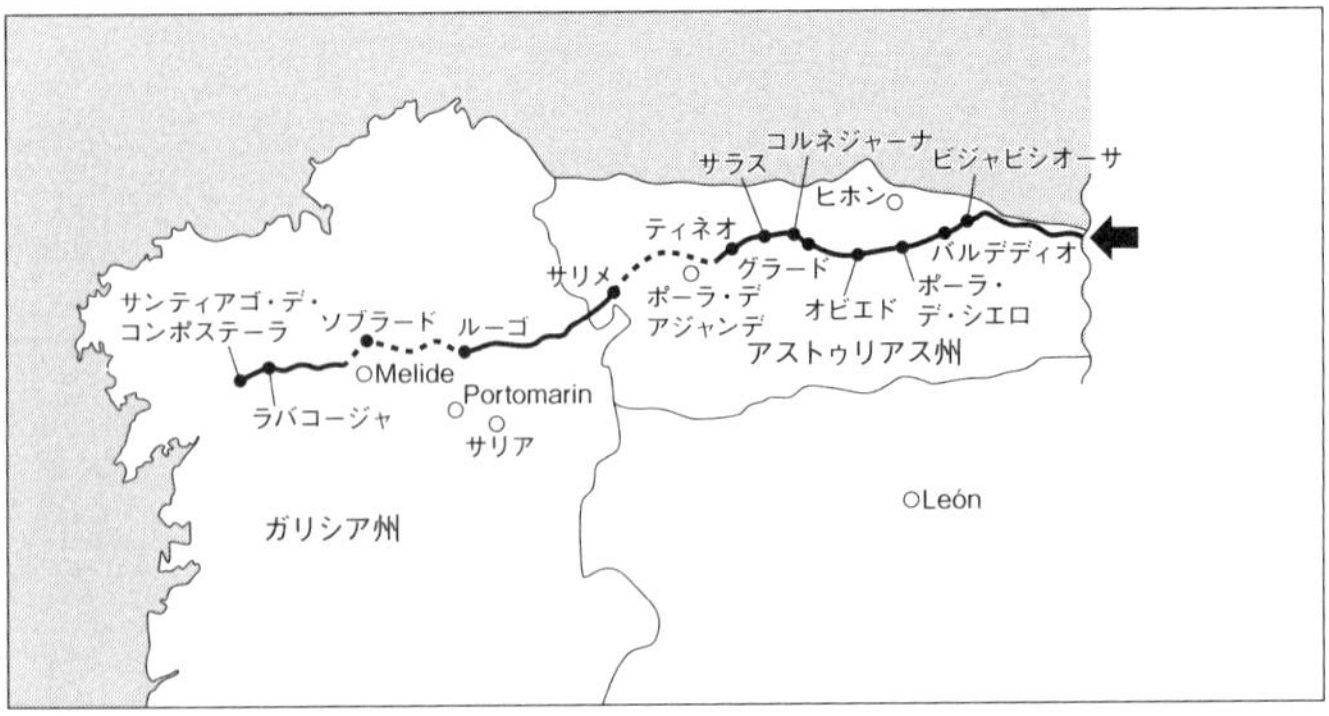

著者の辿った道
※ José Maria Anguita Jaén, *El camino de Santiago España Guía del Peregrino*, León, s.d.(2004) 付録の地図などを元に訳者が作成（一部推定)。片仮名表記は本書に登場する地名。アルファベットはその他の重要地名。

サンティアゴ巡礼用語集（括弧内は断りのない限りスペイン語／五十音順／訳者作成）

アルベルゲ（albergue）
巡礼者用の宿泊所。

エルミタ（ermita）
人里離れた小さな礼拝堂。

オスピタレーロ（hospitalero）
アルベルゲのスタッフ（ボランティアも多い）。

オレオ（hórreo）
スペイン北西部に多く見られる穀物倉庫。

カミーノ（Camino）
「道」の意だが、大文字で始めることで特にサンティアゴ巡礼路を指す。フランス語では Chemin。

カルサーダ（calzada）
「道路」の意だが、特に巡礼用の古道を指す。

北の道（Camino del Norte）
フランスとの国境の街であるイルンからほぼ海沿いにサンティアゴまでの約八五四キロメートルの巡礼路。

銀の道（Via de la Plata）
セビージャから北上しアストルガでフランス人の道と合流する約七〇五キロメートルの巡礼路。

クレデンシャル（credencial）
巡礼手帳。経由した各地でスタンプを押すことで巡礼を行った証明となる。〈アルベルゲ〉に宿泊するためにも必要。

コンポステーラ（compostela）
巡礼証明書。徒歩の場合はサンティアゴまで最後の最低一〇〇キロメートルを踏破する必要がある。ちなみにサンティアゴの都市名に付ける「コンポステーラ」の語源については諸説ある。

ジャケ（Jacquet（仏））
サンティアゴ巡礼者。サンティアゴのフランス語表記 Saint-Jacques から。

バル（bar）
スペインに特徴的なカフェ・居酒屋・スナックバー。

ブエン・カミーノ（Buen camino）
「良い巡礼を」の意味の挨拶。

フランス人の道（Camino francés）
スペインとの国境に近いフランスのサン＝ジャン＝ピエ＝ド＝ポールからサンティアゴ・デ・コンポステーラまでの約七八〇キロメートル。サンティアゴ巡礼のメインルート。

プリミティボの道（Camino primitivo）
始原の道。オビエドから〈フランス人の道〉上のメリデまで約二六〇キロメートルの最古の巡礼路。

ボカディージョ（bocadillo）
小型のフランスパンに具をはさんだサンドイッチ。

ボタフメイロ（botafumeiro）
香炉。特にサンティアゴ大聖堂でミサの際に用いられる巨大な香炉。

モチーラ（mochila）
リュックサック。

永遠なるカミーノ――フランス人作家による〈もう一つの〉サンティアゴ巡礼記　目次

組織

草原の中に延びる古道を、巡礼者がたいていは孤独に歩み、その踏み跡によって道が保たれている――出発前、サンティアゴ巡礼について何も知らなかった私のような人間はこんな情景を想像しがちである。それはとんでもない間違いで、巡礼者向けの宿に泊まるために必要な、かの有名な〈クレデンシャル〉〔巡礼者手帳〕を入手しようとすれば、すぐに誤解を改めることになる。

すると〈カミーノ〉〔サンティアゴ巡礼路〕は、カルトとは言わないまでも、少なくとも情熱を注ぐ対象となっていて、多くの経験者たちがその情熱を分かち持っていることが判明する。この古くからの巡礼路の背後には様々な組織が隠れている――諸々の協会、出版物、ガイド、専門の事務所など。カミーノはネットワークであり、友愛団体であり、国境を越えた連盟である。誰もそこに加入することを強制されない。しかし、この組織は、クレデンシャルの発行によって、旅の準備の始まりから顔を出してくる。クレデンシャルは単なる古めかしい紙切れに留まらない、一つのパスポートである。というのも巡礼予備軍および巡礼経験者として正式にリストに載ると、研究誌やウォーキングツアーの案内が送られて来るからだ。いくつかの都市では、巡礼から帰って来た人による体験報告会の招待状が届く。グラスを片手に行うこうした懇親会は「巡礼者を囲むワインの夕べ」(!)と呼ばれている。

私がこの世界に足を踏み入れたのは、とある雨降りの午後、パリのサン=シュルピス教会の近く、「サンティアゴ友の会」本部となっているカネット通りの小さな店舗に入ったときである。内部は洒落たカフェやブティックが建ち並ぶ界隈にはそぐわない空間だった。信徒の集会室のような雰囲気と、その場に満ちている埃っぽい乱雑さは、いかにもその種の協会の本部らしさを醸し出していた。私を受け付けてくれた係員はそれなりの年齢で、今日では「シニア」とでも呼ぶべき人だったが、この言葉はサンティアゴ巡礼者たちが使う語彙には入っていない。室内には他に誰もおらず、係員は一生懸命忙しいふりをしていた。でなければ、私の来訪で昼寝の邪魔をしたかもしれないと思ったことだろう。ここはまだコンピューターに占領されていなかった。相変わらず黄ばんだカードファイル、タイプ印刷されたパンフレット、インクまみれのスタンプと金属製のスタンプ台がこの場を支配している。

私はカミーノに旅立つという意志を表明しようとして――そのときはまだはっきり決心していなかったと思う――少し戸惑った。そこには教会の告解場の雰囲気があって、「なぜ」という問いは発せられないということをまだ知らなかったのだ。私は先手を打って、あれこれ弁明しようとしたが、どうみても嘘くさいものだった。係員はにこりと笑って、実務的な質問に戻った。姓、名、生年月日。

私は徐々に本題に導かれる。会報付きの会員になるか――こちらの方が会費が高い――それとも会報無し、つまり最低料金を納めるか、と彼は尋ね、それぞれの会費が提示される。数ユーロの違いが彼にとっては重要らしく、二つの入会方法の中身について、長々と説明を始める。貧しい人をカミーノから排除しないための、立派な連帯心から来るのだろうと私は想像する。だが巡礼を始めてから、これはまったく別の理由によるものであることを知った。巡礼者たちは、金を極力使わないよう努める。それは必要性に駆られてというより、むしろ一種のゲームの類いであることが多く、クラブに加入したことの証しなのだ。お金は十分に持っていそうな巡礼者たちが、バルで〔四人で一つの〕サンドイッチを頼もうか、それとも三キロ先まで歩いて、そこにあるかどうかも不確かなパン屋で買うか、ぐずぐずと計算している場面に立ち会ったことがある。〈ジャケ〉と呼ばれるサンティアゴ巡礼者は必ずしも貧しいとは限らず、その反対のこともあるが、あたかも貧しいかのように振る舞うのである。この振る舞いは、中世以来信仰生活に入ることを示す三つの誓い――清貧、貞潔、従順――の最初の項目に関係付けられるかもしれないが、単なるけちと呼ぶこともできよう。

いずれにせよ、クレデンシャルを手に入れるそのときから、人はこの慣習を尊重し、それに合わせることが求められる。巡礼者が神に向かって歩むのかそうでないかは本人次第だが、常に〈悪魔の尻尾を引っ張りながら〉〔かつかつの生活をするという喩え〕歩かなければならぬというわけである。

もちろん、ホテルからホテルへ、豪華なバスと楽なタクシーを乗り継いで、快適な巡礼をしつらえた人たちにもたくさん出会うだろう。それを見た〈ジャケ〉たちは、「カミーノの辿り方は人それぞれだ」と鷹揚に振る舞うのが常である。しかし、そうした寛容性の表明の背後に、「偽の」巡礼に対する「本物の」巡礼者の抜きがたい軽蔑が隠れていることがすぐに分かる。本物の巡礼者であるか否かは、できるだけ金を使わないという一事で見分けられるのである。確かに、「本物の」巡礼者も、病気になったり巡礼宿が満員だったりして選択肢が他にないときは、ホテルに（できれば安宿に）泊まって、贅沢な巡礼者たちと隣り合わせになることがある。しかしそんなときでも本物は違う。例えばフロントで軽率にも置きっぱなしだった皿のキャンディを全部食べてしまったりするのである。

そんな習慣を知らなかった私は最初のへまを犯した。贅沢にも会報付きの入会をしてしまい、おまけに三ユーロ高くても別に構わないという態度を示してしまった。

係員は協会を代表して私に感謝したが、その微かな笑みには哀れみが混じっていることがよく分かった。〈主よ、彼をお赦しください。自分が何をしているのか（まだ）知らないのです〉。

「サンティアゴ友の会」が発行するクレデンシャルは蛇腹式になった黄ばんだ厚紙である。正直言って見栄えはせず、将来の巡礼者予備軍が家に持ち帰ってから笑い出す類いのものである。最低三回はリサイクルされたであろう紙には、巡礼の一区間ごとにスタンプを押すため、大きめの四角い枠が印刷されていて、どう見ても意匠を込めて作られてはいない。しかしクレデンシャルも他のもろもろと同じである。カミーノの上でしか真価が計れないのである。

リュックの中に何度も何度も押し込んだとき。にわか雨に濡れてしまったのをリュックから引き出し、なかなか見つからないヒーターの上で乾かさなければならなかったとき。無くしてしまったのかと恐れ、宿の主人の疑い深そうな視線を感じながら必死に探したとき。難所続きの区間を歩み通し、観光案内所の係員に勝ち誇って差し出すと、明らかに手を汚したくない様子で嫌そうに町のスタンプを軽く押されたとき。コンポステーラに到着し、市役所の係員の前に誇らしく広げ、巡礼証明書をラテン語で書いて貰うとき。そんなときにこの〈聖遺物〉の価値が分かる。家に戻ると、クレデンシャルはカミーノから持ち帰った品々の中にあって、巡礼の試練の跡を留めているのである。

むろんこんな比較は少しも意味がないけれども、私のしわくちゃで汚れて日に灼けたクレデンシャルを見ていると、祖父が戦時中の捕囚生活から持ち帰ってきた紙切れ――配給券や診療票など――を思い起こす。抑留者にとってそれは無限の価値があり、どれだけ大事に身につけていたかと想像するのである〔リュファンの祖父はレジスタンス運動家を匿った廉で強制収容所に送られた〕。

カミーノがこれと異なるのは、サンティアゴ巡礼が罰ではなく、自ら望んだ試練だということである。少なくとも本人はそう信じている。ただし、その考えは実体験によってすぐに覆される。カミーノを歩いたのは何ものかに強いられた結果だと、誰もが遅かれ早かれ考えるようになる。たとえ自分が自分に強いているとしても同じことである。自己自身に加える処罰は、社会によって課される場合と同じくらい厳格なことが多い。

人は自由の精神を持ってサンティアゴに向けて旅立つが、ほどなくして自分も他の人々と同じく、単なる巡礼徒刑者だと思うようになる。どんな天気の時でも荷物を運ばなければならず、汚れて疲れ切った巡礼受刑者は、囚人たちのように、同胞愛をかみしめる。他の薄汚れた巡礼者たちに混じって巡礼宿の前の地べたに座り、痛む足を揉みながら、ごく安い値で手に入れた嫌な臭いの食べ物にありつく。すると自由の身の、服も靴もぴかぴかの普通の通行人に鼻先で無視されて、自分がソルジェニーツィンの『収容所群島』に出て来る〈ゼック〉〔囚人〕か、名前は巡礼者だが、カミーノをうろつく浮浪者のような気分になったことが何度あっただろう。

クレデンシャルが人に強いるのはこういうことなのだ。巡礼から帰り、クレデンシャルを手に入れるのにわざわざ金まで払ったと考えると、まったくもってあり得ないことのように思えてくる。

それでも何が話題になっているかは知っておく必要がある。「本物の」クレデンシャルは私にとって、そして巡礼者の名に値する者たちにとって、居住地で発行され、長い道のりのあいだ携えるべき書類である。しかしながら、どこの宿泊地でも、さらには目的地近くになっても、同じ書類を発行して貰えることがすぐに分かる。巡礼路の最後の部分しか歩かないくせに、厚かましくもクレデンシャルを携えている連中のことを、真正の巡礼者たちはペテン師だと考える。フランスやその他のヨーロッパの国々から出発した巡礼者たちの、いつ終わるとも知れぬ旅と、何日間かだけ歩くウォーキングツアーが比べられるものか！　こうした反応の中にはいくぶんスノビズムがある。けれども、カミーノを歩むにつれて、この考え方にもそれなりの真理があることを人は理解する。というのも、「本物の」徒歩巡礼者を作るには、時間が本質的な役割を果たすと認めざるを得ないからだ。

カミーノは〈時間〉が魂に働きかける錬金術である。

それは一瞬で片付けることも、大急ぎでこなすこともできないプロセスである。何週間も徒歩で歩き通した巡礼者だけがそれを体験する。それ相応の苦労をして巡礼路を歩き通した人は、一週間だけ歩いた人と自分を比べて感じる子供じみた自尊心の彼方に、もっと目立たず奥深い真理を垣間見る——歩く距離が短いと、日頃の習慣を乗り越えることができず、人格を根本的に変えるには至らないということである。自分の中にある〈石〉は荒削りのままであり、それを切り揃えるには、もっと長い苦労、もっと多くの寒さ、泥、飢え、そして睡眠不足が必要なのである。

だから、サンティアゴ巡礼において、最も重要なのは、すべての人に共通した目的地サンティアゴではなく、出発地がどこか、ということである。出発地こそが、巡礼者たちの間に微妙なヒエラルキーを作り上げる。巡礼者同士が出会うと、「どちらまで？」とは聞かない、答えは明白だから。また「どなた？」とも聞かない。カミーノで人は貧しい〈ジャケ〉以外の何者でもないから。投げかける質問は「どこから？」である。答えを聞くと、すぐに相手がどんな人間であるかが分かる仕組みだ。

巡礼者がサンティアゴまで百キロの地点を出発点に選んだとしたなら、その人はおそらく単なる免状コレクターであろう。百キロというのは、到着したときに巡礼を行ったことを証明する、かのラテン語の〈コンポステーラ〉を発行して貰うため必要な、最低限の距離である。最小の努力で勝ち得たこのような栄誉は、「本物の」巡礼者たちからあからさまな皮肉を浴びせられる。実際は、ピレネー山脈を出発してスペインの大巡礼路のどれかを歩き通した人だけが、巡礼者団体の一員として仲間入りが認められる。サン＝ジャン＝ピエ＝ド＝ポール、アンダイ、ソンポール峠の三つが名誉ある出発地である。そこに、歴史上の重要性に鑑みてオビエドからの出発が加わる。このアストゥリアス州の州都から発するカミーノ・プリミティボ〔始原の道〕は他の巡礼路よりずっと短いが、二つの理由で重きを置かれている。

まずは高い山々を貫いているので、その高低差の故に。そしてとりわけ本来の巡礼路であることから。九世紀、一人の修道士が発見したという聖ヤコブの遺骸を崇めに行くため、アストゥリアス王アルフォンソ二世が辿った道なのである。

たいていの巡礼者は「プリミティボ」でもフランス国境から出発する場合でも、これらの伝統的な道のりを辿る。しかし、中にはもっとずっと遠くからやって来る人たちもいる。そうした人々は必ずしも逞《たくま》しそうに見えない。はっきりと旅の辛さを外に表している人もいる。ひょっとすると虚弱体質ではないかとも思いたくなる。そもそも、そうした印象を完璧にするために、自ら誇張している場合も多いのだ。ピレネー山脈の麓から出発したことを誇りに思っている巡礼者が、「どこから来たの？」と自信たっぷりに聞いてみると、相手は一瞬躊躇《ためら》う振りをしてから、慎ましく目を伏せて「ル・ピュイ」とか「ヴェズレー」と答える。この偉業には一瞬の沈黙で応えるしかない。聞いた者が帽子をかぶっていれば、敬意を払って帽子を脱ぐだろう。最初のアッパーカットを見舞った後、この例外的な巡礼者たちはたいてい数字を付け加えて相手をノックアウトする。「今日で一三二日目」。これが毎朝、最初の一歩を踏み出して彼らが過ごしてきた時間の長さだ。

ベルギーのナミュールから歩いてきた若い学生と一緒に歩いたことがある。彼はばかでかいリュックを担いでいて、中身はがらくたばかりだが、道中で集めた記念の品だと言う。アルルからやって来たオーストラリア人の女性たち、ケルンから来たドイツ人とも出会った。

カンタブリア州の海岸に注ぐ川を渡る船の上で、ジュネーヴの先にあるマリニエという町からやって来たオート＝サヴォワ県出身者と出会った。彼とはその後でも度々すれ違った。あまり歩くのが得意ではなかった。よたよたと歩き、よく道に迷った。それでも、私にとって彼が台座の上に立っていることに変わりはなかった。歩いてきた二千キロの高みから私を見下ろしていたからである。

もっと遠くからやって来る巡礼者もいるらしい。私は出会わなかったし、そういう巡礼者にはめったにお目にかかれないと思われる。それは伝説的な存在である。カミーノはそうした伝説に事欠かず、夕食後に巡礼者同士でひそひそとうわさし合う類いの話である。スカンディナビア、ロシア、パレスティナからやって来た人というのは怪物的存在である。目的地の方はコンポステーラに限定されているけれども、巡礼の出発点の側では、そうした存在のおかげで限界がなくなっている。サンティアゴ巡礼の地図上では、数多くの道が漏斗状にピレネーに収束した後、スペインに向かって走っている。そのルートはヨーロッパ全体を覆っていて、旅への夢想に誘《いざな》うのである。

確かに、出発点がすべてを物語るわけではない。ごまかす方法がいくつもあるからだ。最も一般的なのは、カミーノを途切れ途切れに歩くことである。時々ヴェズレーやアルルやパリも載っている大きな地図をこれ見よがしに取り出す巡礼者に出会うことがある。彼らが歩んできたという数百キロの距離から考えて、不自然なほど清潔で溌剌としていると、疑いが芽生える。疑念を晴らすには、必殺の質問をすればよい。「そこからは、……一回で来た？」するとそのほら吹きは頭を下げ、咳払いをして、実は十年かけて、一週間ずつ歩いてきたのだと白状する。実際はその前の日に出発したばかりだったりする。

「カミーノの辿り方は人それぞれだ」。確かにその通りだ。とはいえ、人をかついではいけない。

なぜ？

なぜ？

直接に尋ねはしなくとも、他人は当然そう考える。

巡礼から戻って、「コンポステーラまで歩いてきた」という言葉を誰かに向けて発するたび、相手の目に同じ表情が浮かぶのに気付く。まずは驚き（「こいつは何を求めて行ったんだ」）。次いで、気付かれぬようにじろじろと顔を見る様子から、警戒心。

すぐに結論が導き出される。「こいつは何か問題を抱えているな」。あなたは気詰まりを感じる。幸いにも、現代は寛容が美徳となる時代だ。相手は平静を取り戻す。驚きと喜びを同時に表現する熱い表情を浮かべて見せる。「羨ましいなあ」。そして、どうせ嘘をつかねばならぬのなら、思い切り派手にやってやれとばかりに付け加える。「いつかカミーノを歩くのが僕の夢なんだ……」

「なぜ」という問いは、おおむねこの言葉と共に停止する。正常な大人がリュックを背負って千キロ近く歩くに至る理由を議論するのは難事である。同じ計画を温めていると告白することで、その難事を自分も相手も行わなくて済むようになる。すると直ちに、「どうやって」という質問に移ることができるのだ。一人で？　どこを通った？　日数はどれくらいかかった？

こういう風に物事が進めば幸いである。なぜなら、ごく稀に「なぜサンティアゴに行ったのですか？」という質問を正面からぶつけられることがあり、答えに窮してしまったからだ。それは恥ずかしさではなく、本気で困惑した印なのである。

当惑を表明する代わりに、一番良い解決策は、いくつか手がかりを与えてやることだ。必要ならばそれをでっち上げて、質問者の好奇心を逸らし、追跡をかわす。「子供の頃、町の古い建物に帆立貝が描かれていたから」（フロイト的方向）。「世界中の有名な巡礼にずっと惹かれていたから」（宗教融和的方向）。「中世が好きだから」（歴史的方向）。「夕陽が沈む方向に歩いて、海と出会いたかったから」（神秘的方向）。「じっくり考えたかったから」――この答えが一番期待に適い、「正しい」答えだと一般に考えられている。しかしこの答えは自明のものではない。じっくり考えるために可能な、また望ましい方法は他にいくらでもあるのではないか。家から外に出ない、ベッドか肘掛け椅子の上でだらだらする、やむを得ない場合は近所の歩き慣れた道を少し歩いてみるというのは？

カミーノには、歩み出そうとした理由を忘れさせる〈力〉とは言わないまでも、そういう〈効果〉があるのだと、未体験者にどう説明すれば良いのだろうか。巡礼を始めるに至った種々雑多な思いが、カミーノを歩いたという明白な事実に掻き消される。人は出発した、それがすべてなのである。それは〈なぜ〉という問題を〈忘却〉によって解決する。人は前に何があったか覚えていない。何かを発見するとそれ以前の知識がすべて覆されるように、専制的で横暴なコンポステーラ巡礼は、それを企てるに至った思考をすべて消滅させてしまう。

この段階でカミーノの持つ深い性質がどこから生じるかが分かる。カミーノに身を任せたことのない人々の想像と異なり、カミーノはお人好しではない。それは力である。しゃしゃり出て、人を掴み、襲いかかり、作り変える。人に言葉を発させず、黙らせる。たいていの巡礼者は自分では何も決めなかった、「あちらの方から顕《あらわ》れてきた」と確信している。彼らがカミーノを掴まえたのではなく、カミーノが彼らを掴まえたのである。こうした言葉が、このような経験をしたことがない人々に胡散《うさん》臭く思われることは承知している。私自身、出発前にこうした言葉を聞いたら肩をすくめたであろう。強烈にいかがわしい臭いがする。理性に反している。

しかし、その言葉の正しさを私はすぐに実感した。何か決心をする度に、カミーノが私に力強く働きかけ、私を打ち負かしたとは言わないまでも言い負かした。

そもそもの発端は、単に長い距離を一人で歩こうと決心したことだった。思い描いていたのは、体力的な挑戦、体重を何キロか減らすための手段、山登りの季節の準備、新作に取りかかる前の頭の掃除、オフィシャルな仕事や名誉を手にした後に行うべき謙遜の回復……である。どれも、これというものはなく、全部が同時に当てはまった。とりたててサンティアゴの巡礼路を歩こうと考えたことはなかった。当時考えていた多くの選択肢のうちの一つに過ぎないと、少なくとも私は思っていた。まだ本を読んだり、人の話を聞いて夢見たり、写真やインターネットのサイトを眺めている段階だった。私には主体性があり、決めるのは自分だと信じていた。その後、自分が間違っていたことが明らかになった。

徐々に私の選択の幅は狭まり、あれよあれよという間にサンティアゴに向かう道筋の周りに選択肢が限られていった。

最終的に、二つの可能性だけが残った。「ピレネー高地遊歩道」か、北側を通るサンティアゴ巡礼路である。どちらも出発点は同じアンダイである。だから決定をぎりぎりまで引き延ばすことが可能だった。いよいよとなれば現地に着いてから、最後の段階で選ぶこともできたので、どちらの道を辿っても良いような装備を集めた。ピレネー高地遊歩道はピレネー山塊を西から東に貫いている。専用の道を歩くか、〈オフ・トレイル〉か、いくつかのヴァリエーションが可能である。だいたい四十日間かかる。カミーノよりも山がちで、人里離れている。そのため、真冬でもほとんど補給無しで歩けるような準備をした。大は小を兼ねる。もしも最終的にサンティアゴ巡礼路を選んだ場合、高山用の装備を取り除けば準備万端となる。自分の抜け目無さを信じていたし、最後まで自由を保持しているつもりだった。

外面的な口実によって、私の最終決定がうわべだけは合理的なものとなった。最終段階になり、高地遊歩道の踏破は無理だと判明したのである。「季節的にまだ早すぎ、所々危険な箇所があるかもしれない」等々。私はコンポステーラへの道を選んだ。考えてみれば実際は、神秘的な魅力、それも段々と強くなる魅力に負けてしまっただけなのである。決定を正当化することは可能だったが、別の企ては一度も真剣な検討対象になっていなかった。様々な計画というのはまやかしで、一つの認めたくない事実を隠すための便宜上の手段だったのだ。すなわち私には実際は選択肢がなかったということである。サンティアゴのウィルスは私に深く感染していた。その感染が誰から、何によって行われたのかは知らない。しかし、潜伏期間があった後、一気に発病したのであって、その症状はことごとく以前から出現していたのである。

カミーノ恋愛事情

人はどうやって出発点を選ぶのか。二つの大きな哲学があり、当たり前と言えば当たり前だが、こう表現できる――「自分の家から出発するか、それ以外の場所から出発するか」。その選択は見た目よりも重大で、多くの巡礼者が難しい選択だったと私に明かした。理想（私には当てはまらないので、多分）は、先に触れたオート＝サヴォワ出身者のように、自分の家を出て、妻と子供たちにキスをして、連れて行ってもらえると期待して尻尾を振る犬をなでて、庭の門扉を閉めて、出発することである。

住んでいる場所が遠すぎるとか、時間がないとかで、それが不可能な人たちは、目的地に近づき、なるべくスペインのそばまで行って、行程を自分の手の届く距離に縮めなくてはならない。我が家から出発しないとすれば、どこから出発するか。巡礼路はたくさんあり、出発点となり得る場所は無数にある。選択は難しい。それは客観的な要素に左右される――使える時間、訪れたい場所、購入したガイドブック、友人から聞いた話。しかし、もっと微妙で、時には口に出しにくい要因が絡むこともある。

読者が遅かれ早かれ気付くし、私と同様、別に驚くこともないと思われる事実をまずは語った方が良かろう。カミーノは恋人探しの場所とは言わないまでも、出会いの場である。この次元は、特に出発の場所に関して多くの巡礼者に影響を及ぼす。ただ、巡礼がどういうセンチメンタルな要求に応えようとするかは区別する必要がある。実際カミーノでは恋愛絡みでいくつかの歩き方がある。

　第一は、付き合い始めたばかりだが、互いに〈運命の人〉に巡り会ったと思っている二人の場合である。恋人、パートナー、フィアンセがこのカテゴリーに入る。彼らは往々にしてとても若い。ナイキのシューズを履き、元気いっぱいで、耳にはイヤホンをしているカップルである。彼らにとって必要なのは、二人の関係に最後の一押しをすることである――教会か、市役所か、少なくともベビーベッドの傍まで歩ませるための。カミーノは二人を優しく近づける機会となる。国道に沿って手を繋いで歩き、トラックが通りかかるとぞくっと背中に甘い戦慄が走って、恋人たちをさらに接近させる。この聖なる道を教会から教会へ経巡って、思いの強い方が相手をその気にさせられるのではないかと期待する。夜は修道院に泊まり、陽気に騒いで大笑いし、洗面所は訳知りの修道士があえて男女共同にしているので、肌も露わな姿が目に入る。大部屋の簡易ベッドの上で囁《ささや》き睦《むつ》み合うが、容易《たやす》く行為に及ぶわけにはいかないので、永遠の愛と忠誠を誓い合う。

　こうしたカップルにとって、カミーノは役に立つ。しかし道のりはあまり長くない方が良いだろう。数日後には、グループで歩いている人たちは方向性がばらけてくる。男の方が彼女とは別の女性の肌に目が引き寄せられる。強引なアプローチの末にここまで連れて来られた女性の方は、他の男に目移りして、自分の彼氏の方が上だとは思えなくなることがある。そのため、こうしたカップルは短い距離のみを歩くことになる。巡礼路の最後の数区間だけ踏破するのである。ガリシア地方に入るとこうしたカップルがたくさん見られる。船乗りに陸地が近いことを知らせる鳥たちのように、巡礼者にとって、彼らの存在はコンポステーラの近さを示すしるしなのだ。

第二のカテゴリーはこれとまったく異なる。愛を探し求めているが、まだ見つかっていない巡礼者たちだ。こちらの方が概して年齢が高い。人生を生き、恋愛も、時には結婚も経験している。ところが幸福は失われ、すべてを一からやり直さなくてはならない。どこかの段階で、カミーノが解決策として立ち現れる。それはインターネットの出会い系サイトよりも現実感があり、汗をかく生身の人間と出会うことを可能にする。人間は歩き疲れると心のガードが緩くなる。喉の渇きと足の肉刺《まめ》が近づきのきっかけとなり、相手に気前の良さを示したり、手当をしてもらう機会が生じる。非情な競争を強いる苛酷な都会生活で、太っていたり、痩せていたり、年を取っていたり、容姿がすぐれなかったり、貧しかったり、失業したりしている人を責め立てる横暴な理想像に苦しむ彼や彼女には、巡礼が誰にでも平等にチャンスを与えてくれるように思える。

そうした人々は、もともとハンデを背負っているだけに、ありとあらゆるチャンスを味方に付けようと、なるべく遠方から出発することを好む。何百キロも歩いていると、そういうタイプの人に何度も出会い、傍から観察することが可能である。恋の痛手を負った人たちが近づき合い、探り合い、くっついたり離れたりする。目的を果たせない人もいるし、自分に対して心を開こうとしている相手が気に入らないと、ときに残酷になったりする。何日間か一緒に歩いた後に、これこそ長い間求めていた運命の人だと思った相手から、自分は結婚していて妻を愛していると、坂道を上りながら最後に白状されて、夢が破れる人もいる。しかし、本物のカップルが成立し、端《はた》から見て幸せになって貰いたいと思うような人たちもいる。

おそらく自らを鼓舞するために、女性たちはしばしばグループを作って旅立つ。非常な遠方からやって来て、フランスを横断したが、残念ながら期待の男性に巡り会えなかった娘たちに出会ったことがある。めげずにスペインに攻撃をしかけ、何日か後に、そのうちの一人が仲間から消えることもよくあった。別のグループについていって、新しい魅惑の王子様に賭けてみようとしたのだ。こうした光景を眺めていて、ありきたりだが、「自分の足に合った靴を見つける」という表現を私は思い起こしていた。

カミーノは苛酷である。しかし、最も秘めた内なる願いを叶えてくれる優しさを見せることもある。諦めないことが肝心である。

宿泊地ごとにアコーデオンを弾いて日々の糧を稼いでいた音楽家の話が伝わっている。彼は離婚したばかりで非常に不幸であり、悲しい曲を奏でていたが、女性には大してもてなかったと思われる。コンポステーラに到着してから、彼は音楽家協会に加入した。そこで、彼と同じ趣味を持ち、心に同じ傷を負ったドイツ人女性と出会った。彼らは結婚し、毎年一緒にカミーノに戻って来る。二人が一緒に演奏する音楽は楽しさと魅力に満ち溢れている。この話は出来すぎで信じられないかもしれないが、不幸から抜け出たいとサンティアゴにすがる人々の期待は、このような伝説に支えられているのである。

第三のカテゴリーはこれほどロマンチックではないが、同じように心に響くものがある。それはずっと以前に愛を知り、結婚という聖なる絆を結んだが、その絆がすり減ってしまって、今一度自由を取り戻したいと願うに至った人々である。それは罪のない自由であって、すべてを破壊するわけではなく、相手を傷つけるものでもない。聖ヤコブが手を差し伸べてくれて、人は少し息をついても良いのだということを正当化してくれる自由である。

パリの「サンティアゴ友の会」の窓口にいて私にクレデンシャルを発行してくれたボランティアの男性がこのカテゴリーに属している。自分の巡礼について話して欲しいと頼んだところ、目に涙を溜めながら語ってくれた。年は取っていたが、辛い歩行にはよく耐えられたという。新たに手に入れた自由に陶然となった彼は、コンポステーラに到着すると……そこで旅を終わらせなかったのである。ポルトガルに向かって南下する道を歩み続けた。大西洋を渡る橋があってブラジルまで行けるなら、躊躇わずにそのまま進んで行っただろう。哀れな彼はこの狂気をなつかしそうに笑顔を浮かべて振り返った。最後はどうなったのかと尋ねると、顔をしかめただけだった。きっと残された妻が、飛行機と列車と二つのバスを乗り継いで彼を探し出し、家に連れ帰ったに違いないと私は思った。しかし彼は自由の味を知ってしまい、それを捨て去ろうとはしなかったのだ。翌年もまた旅立ち、今も新たな出発を期待しながら生きている。

彼は私の意向を尋ねた。どこから出発するつもりか、と。私はまだよく考えていなかった。上に述べたどのカテゴリーにも属していない私は、選択を促してくれるような感情面の配慮は持ち合わせていなかった。私は歩きたい、ただそれだけだった。ピレネー高地横断との間で迷っているので、アンダイから出発するつもりだと打ち明けた。彼は皮肉っぽく私を見て言った。

「好きなようにされれば良いでしょう」

この反語的な言い方の裏には、彼の心に刻まれた確信があり、それは現在の私の中にも刻まれている。どのみちカミーノにおいて、人は決して望んだ通りに行動できないということである。あれこれ考えて、別の計画を練ることもできる。しかし常に最後にはカミーノが勝つのであり、実際その通りになった。

窓口の彼は私の迷いは無視して、「アンダイ」という一語だけを受け止めた。

「アンダイから出発するなら、〈北の道〉ですね」

スペインのサンティアゴ巡礼路は、フランス国境から出発する場合、二つの主要路がある。第一が、カミーノ・フランセス〔フランス人の道〕と呼ばれていて、ロンセスヴァジェス〔仏語名ロンスヴォー〕までピレネーを越える以外は、ほとんど難所はない。こちらの方を辿る人の方が圧倒的に多い。ときには一日に一五〇人もの巡礼者が同時にフランス側のサン＝ジャン＝ピエ＝ド＝ポールを出発する……

もう一つが海岸沿いの道で、「北の道」〔カミーノ・デル・ノルテ〕とも呼ばれている。こちらの方が道標も少なく、困難だという評判がある。フランス領バスク地方を出発して、海岸沿いの町サン・セバスティアン、ビルバオ、サンタンデールを通る。

「北の道……」と私は口ごもった。「そう、そのつもりでした。どう思います？　歩いたことがありますか」

男は埃っぽい戸棚の中から、タイプ印刷された紙を一束とカードやパンフレットを取り出した。それを私に渡すとき、彼の手は震えていて、目がきらきら光っているのが分かった。彼はあえぐようにして言った。

「北の道！　北の道にしなければいけません。私も通りました、はい……。でも二回目になってやっと行けたのです。だって、いいですか、私は禁じられたのですよ」

「禁じられた？」

「似たようなものです。今日あなたがここに来られたように、私もクレデンシャルをもらいに来たんです。すると相手の男が……」

彼の目に憎悪が走るのが見えた。

「私は年を取りすぎていると言ったんですよ」と吐き捨てる。「無理だって言って。その人のせいで私はまず〈フランス人の道〉を辿りました。でも口惜しかったです。口惜しかったんですよ。翌年私は妻に言いました。今度は〈ノルテ〉をやるって。そして行きました」

「で？」

「で、何の問題もなかったです、それは。一日平均三十キロ。私は別に運動が得意ではないですけどね」

沈黙が支配する。これほどの情熱ぶりに私は戸惑った。それはまだカミーノのことをよく知らなかったからだ。突然私は飛び上がった。彼が私の腕を掴んだのだ。

「お行きなさい、あなた」と大声で言う。「〈ノルテ〉をやりなさい。最高に美しい。本当ですよ、最高に美しいから」

私は礼を言い、その場を逃げ出したが、明らかにこの巡礼はおかしな連中のやることで、自分は大人しく山道を歩くべきだ、と考えた。ためらいなく、ピレネーの高地遊歩道を歩くことに決めた。

しかし一週間後、私はコンポステーラに向かって出発していた。北の道を辿って。

旅立ち

　アンダイまでＴＧＶに乗った。実のところ、時速二百キロ以上で走る快適な車内で、巡礼の装備を持っていることに滑稽な感じがする。ホームに降りて列車が去って行くのを眺めていると、自分の計画がいかに時代錯誤かを実感する。二一世紀において、こんなに長い道を徒歩で歩き通すことにどんな意味があるというのだ。本当に答えは明白でない。だがこの問題を深く追究する時間はほとんどなかった。人気《ひとけ》の無いホームには冷たい風が吹き抜けている。五月の生暖かさは大西洋から吹いてきた強風にあっと言う間に吹き払われた。他の乗客たちは小さなキャスター付きのバッグを軽々と引いてとっくにいなくなっている。リュックの紐を締め直して背中に負う。家で担いでみたときよりもすでに重く感じる。

　アンダイでの最初の夜に私が行った労苦は、駅前広場を抜けて魅力的な、つまりは観光客向けの路地を上って、予約したホテルに辿り着くことだけだった。

　巡礼出発前の最後の夜に、この贅沢を行うことに私はこだわった。本物の部屋、本物のホテル、それも青地のパネルにＨの文字が浮き出た星付きのホテルでの宿泊（ただし星は一つきりで、つましくはあるべきだ）。フランスを離れてこれから浮浪者のような旅をしようとするとき、最後にホテルの部屋に泊まる喜びを自らに禁じる理由はない。だがその部屋は狭くてカビ臭く、虚弱児向けのシャワー、意地の悪そうな目つきですぐに宿代を払うよう求める不快な主人、窓の下で夜中まで騒ぐ酔漢たちに迎えられた。祖国の記憶を新鮮なまま携えて行けるのは結構なことだ。この経験に活力を得、一睡もせずに私は朝七時半には表に出ていた。アンダイの観光で時間を無駄にすることなく（確かに美しい街ではある）、サンティアゴ橋の方へ向かった。ビダソア川に架かる高速道路橋で、スペインに通じている。

携行したガイドブックは百回も読み、記述を正確に暗記していた。どの交差点も記憶にあった。地図上に引かれた線に過ぎなかった高速道路も、アスファルトの灰色が加わって、それなりの魅力を醸し出していた。歩き始めの段階では、まだカミーノがどのようなものなのか、その広がりも、度を超した長さも、計りかねていた。イルンの町を横切りながら、単に長い散歩をしているだけのような、それも間違った道を選んだような、そんな印象を持っていた。

それから町の出口に到達して、私はまだ歩いていた。愛想の悪い食料品店で水を一本買った。店から外に出たときに気付いたが、その店はカミーノが田園地帯に通じる分かれ道の目の前にあった。巡礼者たちは皆その店に立ち寄るはずで、買うものもたかが知れているので、巡礼者の来訪はもはや気晴らしにもならず、特に歓迎すべきことでもない日常茶飯事に過ぎないのだろう。私は長い間考えた末に小さなペットボトルを一本だけ買うことに決めた。近くに水場がきっとあると思ったからである。店主は私が出した三五サンチームをため息をつきながら受け取った。

喉の渇きを癒やしてから大通りを渡り、ようやく緑の木々の中を抜ける小道に入っていった。さらに少し行くと、道は完全に昔の姿を取って、石橋で小川を越える。

新米巡礼者として私は浮き立っていた。歌でも歌いたい気分だった。もうすぐ伝説の森を抜け、騎士たちとすれ違い、石造りの僧院と遭遇するような気がしていた。私が興奮しやすい質《たち》であることは言うまでもない。空想の高まりを抑えるために私ができることは、物語を作り出し、小説を書くことだけだった。だがサンティアゴに向けて進むことで、私は知らず知らずのうちに自分の興奮を抑える新たな薬を見出していた。というのも、カミーノはコントラストに満ちており、想像力が燃え上がろうとすると定期的に冷ましてくれるからである。言ってみれば、巡礼者の足を「地に着けさせて」くれるということだ。実際、分け入ったと思った自然は、まがい物というか、客引きのための試食に過ぎなかったのだ。風景の中にはたちまちの内にブロック塀と、貧相な野菜畑、野外便所、鎖に繋がれてはいるが、人が通りかかる度に狂ったように立ち上がって吠え立てる犬たちが戻ってきた。

高揚した気分はあっと言う間に冷めてしまう。それを鼓舞するには何か人工的な手段に頼ることもできるだろう。だが、この駄犬たちを火を吐く悪魔と見なし、犬を叱りに門口に出てきた老婆をドン・キホーテのドルシネア姫と見間違えるためには、相当量のアルコールかマリファナが必要となるに違いない。

実際のところ、遠い時代の感興を蘇らせてくれるはずのカミーノで、世界の〈脱魔術化〉は非常に加速している。歩き出して二時間もすれば、現実に立ち返って冷めた目でその現実を眺めるようになるだろう。つまり、カミーノはただの道であり、それ以外のなにものでもないということである。上り坂があり、下り坂があり、滑りやすいところがあり、喉の渇きを覚えさせ、道しるべが整備されていたりいなかったり、自動車道路沿いだったり森に入り込んだり——こうした状況の一つ一つが魅力と、そしてまた少なからぬ不都合とを示すのである。一言で言えば、夢やファンタジーの領域を抜け出れば、カミーノは露骨にありのままの姿を見せ始める——長い苦労の連続、ありきたりな世界の断片、心と体の試練。そこにロマンの味付けをしようと思ったら、相当の奮闘が必要になる。

そもそも、巡礼者の頭は、すぐにもっと散文的な関心に占領されることになる。つまり、道に迷わない、ということである。道から外れないようにするためには、絶えず道しるべとなる印を探し続けていなければならない。巡礼路マークにはいくつかの種類があって、巡礼者は直《じき》にそれを見つけられるようになる。マークの発見が習性のようになるのだ。広大な風景の中、近景と遠景に細々《こまごま》とした物体が溢れている中で、巡礼者の目はまるでレーダーのように、サンティアゴに自分を導いてくれる標石、矢印、文字をたちどころに探り当てる。その印は所々に置かれているが、間隔が決まっているわけではない。昔からの巡礼の経験によって、必要な場所にだけ少しずつ置かれるようになったのである。ある所では、通りかかる巡礼者が躊躇する分岐点に、セメント製の標石がどちらの途をとれば良いか明確に示している。また別の所では、しばらくの間まっすぐ歩いてから、疑いが生じ、引き返した方が良いのではないかと思っていると、黄色い矢印が見えて安心し、そのまま歩き続ける。こうした黄色の矢印は描くのが容易で金もかからず、標識の位で言えばただの兵隊だが、標石の方は陶製の帆立貝が付いていて、どちらかと言えば将校である。設置場所は中世から変わらなくとも、標識は今ではモダンな絵柄になっている。ＥＵの旗と同じ青の地に、扇状の直線が一点に集まる形の様式化された貝殻。ときには、町の入口か幹線道路の近くに大きな道路標識があり、そこに同じ貝殻がでかでかと描かれ、威嚇的な標語（例えば「巡礼者に注意！」のような）が付けられていることがある。こうして、徒歩巡礼者は自分が正しい道を辿っているということと、車に轢かれる危険性があるということを同時に知ることになる。

この一日目の朝、私はまだその域に達していなかった。〈ジャケ〉語文字読解の初心者で、道の左右を注意深く探って黄色の線か青い貝殻を見分けることに集中したが、無意識に行えるまでの自信は得られなかった。

イルンの町を出た後、矢印を頼りにハイスキベル山に到達すると、道は上り坂になってから山を巻いていく。それは心地よい小さな山で、眼下の谷が広々と見渡せる。時々展望台があって、地平線まで広大な土地と河川とが現れてくる。そうしてカミーノのロマンは確かに存在するが、ずっとあり続けるわけではないということを人は理解し始める。それは探し求めなくてはいけないのであり、自分がそれに値する者になる必要があると言う人もいるだろう。巡礼者はインドの修行僧よろしく、いつも口元に笑みを浮かべて歩いているわけではない。しかめ面をし、疲弊し、悪態をつき、文句を言い、この絶えざる小さな苦痛を背景にして、時折素晴らしい眺め、感動的な瞬間、友愛との出会いという喜びが得られるのであり、それらは思いがけないものであるだけになおさら貴重である。

この最初の区間は、〈カミーノ・デル・ノルテ〉全体の中でも最も美しいものの一つである。ハイスキベル山の坂を越えると、道は両岸が切り立った河口に降りて行く。川を渡るには渡し船に乗らなければならない。小さなモーター付きのボートで、買い物に出かける地元民がひしめき合っている。対岸で右の海方向に向かうと、赤と白の可愛らしい灯台があって、そこから急な坂道を上る。海岸沿いに高い道が続いているが、眺望が所々で開けて水平線を覗かせている。

荒れ地と茨の茂みと黒い断崖、濃い青の海と沖合から押し寄せる高波——すべてはスペインというよりアイルランドを思い起こさせる。

この最初の区間の美しさと手つかずの自然に気を良くして、巡礼者は過った期待に捉えられ、カミーノはその全体にわたってこのような恵みを与えてくれるのだと思うかも知れない。そんな人には夢を見させておこう。すぐに何の味わいもない郊外を抜け、高速道路に沿って歩かねばならぬ時がやって来る。この旅の始まりにおいて、初心者はまずは安心したいのであり、風景の方もそれに力を貸してくれる。

切り立った手つかずの海岸に沿って数時間歩いてその端に到達すると、旅人は新たな絶景を発見するのである。足下にサン・セバスティアンの湾が開けて居る。見事な丸みを帯びた海岸を縁取る水泡のレース飾り、外の景色を眺め、外から眺められるために作られたウォーターフロントの壮麗さ、広い歩道を人々がそぞろに歩く長い大通りの直線——ドノスティア（サン・セバスティアンの別名）では、黒い岩と海鳥の眺めに飽き飽きした巡礼者を、あらゆるものが魅了せずにはいない。

　そこからよく手入れされた長い石畳の道が始まり、タマリスクを植えた段丘の間をうねうねと降っていく。

街中《まちなか》の野蛮人

坂を降る間に雨が降り始め、サン・セバスティアンの街は小糠雨《こぬかあめ》の幕で覆われていっそう魅力的になった。だがしかし！　美しさが増したことで、もっと即物的な心配も生じてきた。リュックの中から雨具を引き出して身に着けなければならず、初めてその欠陥も味わうことになった。歩き出した最初の日であることから来る不安で、私は気が急《せ》いていて、食事も飲み物も摂らずに歩き続けていた。街が見えて突然その必要を思い出したのである。食卓につきたいつきたいと思っているうちに、景色の与える感興がやがて消え去ってしまった。このときばかりは、美しい風景も食欲には勝てなかったのである。

これについて、私に起こった最初の事件を語るべきかどうか躊躇する。しかし、これも巡礼者という身分に適応する重要な一段階だと思えるので報告することにしよう。徒歩巡礼者の〈浮浪者化〉は急速に行われる。出発時どんなに優雅で洗練されていようとも、人はほどなくしてカミーノの影響で威厳と同時に恥じらいを無くしてしまうのだ。獣になりきるとは言わないまでも、もはや完全に人間だとは言い難い存在になる。これが巡礼者の定義かもしれない。

サン・セバスティアンに向かって延々と続く坂道の半ばにさしかかった頃、食べ物のことを考えていて身体が変調を来《きた》したのか、猛烈な欲求に襲われた。原因は数日来の便秘であることがすぐに分かった。

一歩一歩の歩みが腹の中で恐るべき反響をもたらしていた。あたりはまばらに木が植えられた丘の一画で、散歩道や池などがある立派な公園になっていた。雨は降り続いており、視界に人はなかった。どうすべきか？　状況が異なれば、私はきっと英雄的精神を発揮し、なんとか我慢して坂を下り続けただろう。ところが驚いたことに私の中にすでに巣くっていた巡礼者精神は、まったく別の行動を命じたのである。家族団欒で昼食をとるための石造りのテーブルにリュックを置くと、生け垣を跨いでから花壇にしゃがみこんだ。

リュックを置いてある場所に戻ると、私は突然恐怖に捉えられた。誰かに見られたかも知れない。公園は四方が開けた丘になっていて、頂上からは眼下の斜面がすべて見渡せる。もし私が捕まって、バスクの公園で用足しをした廉で訴えられたらどうなるだろう。アカデミー・フランセーズ会員のスキャンダル発覚というニュースを一瞬想像した。そう考えてから私は吹き出し、リュックを担いで振り返ることなく歩みを続けた。私の犯行現場は雨に濡れてくすんだ木々が作る薄暗がりの中にあったが、フードの紐を締め直してそこから立ち去った。こうした経験を通して人は自分の弱さを発見するのだが、それはまた大きな強みともなる。己はもはや何ものでもなく、哀れな一人の巡礼者で、その行動など何の意味も持たないのだ。仮に私の行為が目撃されたとしても、誰も訴えたりなどしないだろう。私はもうつまらぬ浮浪者と化しており、足蹴にされて追い払われるのが関の山である。

もしかしたら、ここに巡礼出発の動機があるのかもしれない。いずれにしても、私にはそれが当てはまる。人生が自分という人間をこしらえ、経験や責任が積み重なってくる。別の人間になること、しがらみや成功や過ちが仕立て上げた重い衣装を脱ぐことがどんどん不可能に思えてくる。しかしカミーノはその奇跡を成し遂げてくれるのだ。

何年か前から私は、社会的権威を誇示する装束を次々と身につけていたが、それが己の自由を葬る豪華な屍衣になることは望んでいなかった。公邸で白い上着の十五人の人間にかしずかれた大使、フランス学士院でドラムの音に迎えられて入会演説をしたアカデミー・フランセーズ会員が、見知らぬ公園の木々の間をすり抜けて、最も無意味で忌まわしい犯罪行為を隠蔽するために走り出すに至る。それは有益な経験なのだ、と信じて貰いたいし、他の人にも勧めてみたい気がする。

依然としてそぼ降る雨の中、サン・セバスティアンの直線的な大通りを抜け、海岸に到達した。この最初の区間において、私は自分が置かれた新しい状況について学び続けていた。巡礼者はどこに到達することもない。巡礼者は通り過ぎる存在であり、それがすべてである。その場所に入り込む（徒歩であることによって、土地と住民に直接接触できる）と同時に、そこから恐ろしく遠い（その場に留まらないということが彼の使命だから）のである。ゆっくり進もうと心がけていても、出発を急ぐ気持が、外見全体に刻み込まれている。それは観光客とも言い難い。観光客も駆け足で名所を見て回るが、少なくとも見学のためにそこに来ている。それに対して巡礼者がその場にいる理由は他の所、探究の先のコンポステーラ大聖堂の前庭に探さなければならない。

貴族的な雰囲気のサン・セバスティアンには豪華なウォーターフロントと、豪壮な別荘、きらびやかなブティックが並んでいて、この街の中で私はすぐに自分の無意味さというか、不可視性を認識した。巡礼者の姿は目に見えない。勘定に入らない。その存在は束の間の、取るに足らないものなのだ。街を歩く人々は仕事に忙しく、散歩やジョギングをしている人々でさえ、汚らしく、無精髭を生やし、前屈みでよたよたリュックを背負って歩く虫けらなどには目を留めていないように思える。

見事な半円を描くラ・コンチャ海岸に到達し、砂浜に下りてみた。雨のせいで歩く人もなく、海岸はがらんとしている。だが雲の切れ目が止み間をもたらしていた。もう雨は降っていない。水平線はエメラルド色と藍色を帯び、島や海岸の緑と対照をなしていた。私はリュックを砂浜に置き、靴を脱いで生ぬるい海水に足を浸した。そして荷物を置いた場所に戻って横たわった。長く歩いたせいで赤くなった左右の足を額縁にして、澄み切った水平線の見事な絵が見える。散歩の人々が戻ってきて、引き連れた犬も体をぶるっと震わせて水を砂に落としている。お上品なリゾート地にはそぐわない服装をして、砂に打ち上げられた〈ジャケ〉などには人も犬も注意を払わない。しかし、海岸に落ちたゴミなど、波が運び去ってくれることが分かっているから誰も取り除こうとはしないように、巡礼者は風景と不釣り合いであっても、住民に不安を与えない。すぐに出ていくものだと信じているからである。そして、私はすぐにその期待に沿う行動を取った。雨粒がまた落ちて来たせいもある。長い海岸に沿って歩き、トンネルを抜けると街の反対側、イゲルド山の麓に出る。豪華な建物の間を縫ってうねる道を辿ると、シーズン前で当然ながらシャッターはすべて下りていて、少しずつ私は街を離れて行った。

というのも、サン・セバスティアンには巡礼者のための〈アルベルゲ〉がいくつかあったが、第一日目の夜から大自然の中でキャンプをする、というのが私の目論見だったからである。

秘密の野宿一泊目

一日中長い行程を歩いてきた身にとって、イゲルド山の中腹を登るのは一苦労だった。都会を徒歩で抜け出るには時間がかかるものである。サン・セバスティアンのこちら側は比較的すぐに田園と海岸沿いの人里離れた荒れ地になっているのだが、それでも大都会の膨張に伴って新しく建ち並ぶ住居や小さな町を越えなければならなかった。

こうした一戸建ての家が建ち並ぶ村の一つを抜けた狭い道で、人の好意を示す証しを見つけて驚き、嬉しくなった。誰かが壁に沿って小さなテーブルを巡礼者用に置いてくれていたのだ。水瓶もあり、空になった水筒を満たすことができた。庇の下にはノートが置かれ、巡礼者がコメントを書けるようになっている。「ブエン・カミーノ〔良い巡礼を〕」と書かれた看板があり、サンティアゴまでの正確な距離が記してあって、思いやりがあるのか残酷なのかは分からないが、残り「たったの」七八五キロメートルと表示されている。何よりも、小さな鎖で台に括り付けられたスタンプがあって、歩いた区間の証明ができるようになっていた。サン・セバスティアンで私は〈クレデンシャル〉にスタンプがもらえなかった。旅行案内所を通りかかった時にはもう閉まっていたからである。巡礼初心者の私は、ベテランたちがやるように、薬局やバルや郵便局、さらには警察署でスタンプを押してもらうという経験はまだ積んでいなかった。そのため案内所を空しく立ち去ったのである。ところが今や、私は感動と共にこの名も無い道の一画、正にどこでもない場所で、この見事な赤い貝殻を描いたスタンプによって経路証明書に最初の標柱を立てようとしている。この贈り物をしてくれた見知らぬ誰かに宛てて、私は熱の籠もった一言を書いた。その感謝の度合いは自分を支えてくれたオーヴェルニュ人に歌を捧げたジョルジュ・ブラッサンスにも負けてはいない。そしてまた私は歩き始めた。

午後は大分遅くなっていた。日差しと共に蒸し暑さが戻ってきて、汗がぽたぽたと流れ落ちた。自然に囲まれてキャンプをするのに良い場所を見つけるために足を速めなければならなかった。

いくつか目星をつけたのだが、近づいてみると、農家に近すぎたり、道から丸見えだったり、でこぼこだったりした。とうとう日が暮れかかる頃、鉄条網を跨いで、適当と思われる野原の一角を発見した。生け垣越しに、水平線まで海が見える。大きな貨物船が沖を航行している。テントを組み立て、野営に必要な品々を並べ、コンロで夕食を温めた。

闇があたりを包み始め、私は本格的に横になるまでその闇を長い間見つめていた。一日で私はすべてを失っていた。自分の立ち位置、社会的身分や肩書きから得られる馬鹿らしい自尊心。この経験は週末限りの気まぐれではなく、間違いなく新たに置かれた状態であり、これがしばらく続くのである。

そのことに不便を強いられていたし、これから耐えなければならない苦痛も予感していたが、同時にこの無一物の状態に幸福感を覚えていた。無くてはならぬものとは何かを知るために、すべてを失うことがいかに有益か理解した。この第一日目の夜、今回の企ての愚かさと必要性とを評価し、すべてを勘案すれば、旅立って良かったのだ、と思った。

＊

最低限の肉体的訓練を行えば、毎日の巡礼歩行に立ち向かうのは難しくない。ただし、夜は別である。すべては、どこででも、また誰とでも、寝られる適性次第なのである。この点については不公平が大きい。頭を枕に乗せたとたん、ぐっすり眠って近くを列車が通っても目を覚まさない人たちがいる。その他の人たちは——私もその一人だが——仰向けになって目を大きく見開き、いらいらと脚を揺り動かしながら何時間も過ごすのが常である。そして、長い間待ってようやくまどろむに至ると、ドアのきしみ、ひそひそ声、軽く触られただけで目覚めてしまう。

むろん、睡眠薬に頼ることは可能だ。だがしかし、私はかつて大量に服用していた時期があって、そのため薬はもはや、寝不足に偏頭痛を加えること以外の効能は持たなくなった。

こうした状況にあると、夜は休息ではなく試練である。カミーノという長い冒険において、眠れない夜が重なれば、巡礼者はリュック以上に重い荷を負わせられることになる。

コンポステーラへの道沿い、特にスペイン国内では、〈アルベルゲ〉の名で特別の宿泊施設が整備されている。それは中世の「巡礼宿」の子孫である。特筆すべきは値段が極端に安いことである。何ユーロか払えば、ベッドと、共同のシャワーと、食事や調理用のスペースが使える。そうしたサービスは質素な雰囲気で提供され、ユースホステルか、さらには自然災害が起きた後の仮設住宅を思わせるものがある。そうした巡礼者用宿泊所は修道院の中にある場合もあるし、もっと世俗的な、市営施設の中にある場合もある。さらに、個人経営の宿もある。こうした場所での雑居にしても、人の体臭にしても、一部の〈オスピタレーロ〉〔アルベルゲのスタッフ〕のいささか押しつけがましい好意にしても、私は別に気にならない。ただ私の居心地を悪くするただ一つの理由、それはそこの敷居を跨ぎさえすれば、ねぐらと、恐らくは食事とが得られるが、睡眠は間違いなく得られない、という確信である。さらに、多種多様な人々が混じり合うこのような場所において、自然がしかけた忌むべき配剤をまた新たに痛感させてくれるということもある。自然はある人々を眠らせるのに、別の人々の目は見開いたままにする。神々が行うこのえこひいきだけでも、どこでも眠れる能力を持つ特権的な人々を嫌悪する理由になる。おまけに彼らはえてしして、眠り込むや否や鼾《いびき》を発し、眠ろうとする人々のチャンスをすべて奪い去ってしまう傾向がある。こうした騒音公害の責任者をあらかじめ特定することは必ずしも容易でなく、自分の寝床を決める際に発生源から遠ざかろうとしても確信が持てない。確かに鼾をかくのは往々にして体格の良い男性で、昼間は慎み深く物静かな分、灯りが消えた瞬間にやかましくなるということはある。しかし不幸なことに、いたいけで小柄、か弱く、息づかいも繊細な女性が、眠った途端に鼻の穴を角笛と変え、ロンスヴォーの戦いに臨んだ騎士ローランにも負けぬほど勇ましく吹き鳴らす場面に出会ったことが何度かある。こうした鼾をかく誰かに対して、いつの日か取り返しのつかぬことを自分がしでかすのではないかと怖れているので、そのような危険な状況には極力立ち入らないことに決め、テントを持って旅立ったのであった。

山登りの経験において、山小屋も〈アルベルゲ〉と同じ性質の試練を受けるので、私はずっと前からこれをキャンプによって回避することに決めていた。かつてはそのために重い資材を運ばなければならなかった。しかし今日ではせいぜい重さ一キロの便利な山用テントが存在する。屋外用の寝袋とマットを加えても、三キログラム以下で十分な装備ができる。たとえ十キロの重さを担がなければならなかったとしても、安らかな夜を与えてくれるのであれば、そんな苦労は何ともない。加えて、私は野外で寝るのが好きである。風がテントの中を吹き抜けて、眠りを覚まされたとしても、たっぷりとした呼吸、自然の息を与えてくれる。寝返りを打ち、羽を伸ばし、歌い、詩を朗読し、灯りを点けても、誰の邪魔にもならない。すぐ近くで足音をさせてうろつく動物たちを驚かせるだけだ。

野外キャンプはスペインで厳しく禁じられており、ビバーク（夜間のみの野営）も同様である。こうした禁止を守らせるのは当然難しい。適用不可能な法律に違反することほど愉快なことはない。社会の決まりより自分の方が合理的だという気持も与えてくれる。おまけに、それはほんのささやかな抵抗であって、そのために友愛を生み出す源ともなる。

というのも、スペインの人たちはキャンパーに対して大変寛容であることがすぐ分かるからだ。大目に見てくれるだけでなく、手助けもしてくれる。

キャンパー巡礼者の幸運と不運

国境からビルバオまでの最初の数日間で、私はぐったりとしてしまった――まるで漁師が肉を柔らかくするために波止場の敷石にたたきつけた蛸《たこ》のような状態だった。隣に鼾をかく人間はいなかったが、硬い地面のために寝付くまで時間がかかり、それでも朝の暑さはそんな言い訳には耳を貸さず、夜明けと共に私を寝袋から追い出した。高地ピレネーの装備用に買ったこの寝袋は、スペインの晩春には暑すぎるということをすぐに認めざるを得なかった。

起きるとすぐ、寝不足でよろよろになりながら、開いているカフェを見つけるまで歩かねばならなかった。朝は湯沸かしの道具を用意する作業が面倒であり、便利な施設に事欠かないこの国で、高山の人里離れた場所のような生活をする理由は実際無い。

唯一の問題は、野外キャンプが可能な場所と、カフェが建っている場所とが両立しないということである。テントを立てるために選んだ田園の一角から、カフェオレを飲める場所までの数キロメートルの間、とても歩行できるとは思えぬ深い昏睡状態で歩まねばならなかった。通常なら、カミーノは森の中に入り込み、愛らしい小道になって、人はこれを賛美しさえすればよい状態になる頃である。ただし、それは朝の六時ではなく、腹も満たされた上で、という条件付きだ。

あちらこちらに湧き水や急流があって、巡礼者は喉を潤し、体を清めることができる。宿でシャワーを浴びることのできない人間は、そのような機会に恵まれれば利用しない手はない。何度か凍えるような水に身体を浸したことがあるが、それはまだ朝方、カミーノが食事処を私に巡り会わせてくれる前の時間帯だった。別の状況なら喜びになり得ることが、辛さに輪をかけるだけになる。あるときは、ようやく村に着いて何かを口に入れることができても、疲労と睡眠不足と、汚れた服を纏《まと》っている不快感で、カフェインの刺激も効き目なく、一日中朦朧とした状態で過ごすことになる。

カミーノはバスク州を貫く間、海岸に沿っている。発音の難しい名前の海水浴場と、荒涼とした浜辺が交互に現れる。慣れない歩行から起こる立て続けの吐き気のため、私の記憶は曖昧になってしまった。記憶の表面に脈絡のないイメージが漂っている。洗練されたウォーターフロントにある旅行者用のカフェ、犬を散歩させているカップル、のんびりしたサイクリスト、明らかにいらいらしながらアペリティフを飲める時間を待っているイギリス人たち、海岸沿いの道と堤防の岩場、大デザイナーのバレンシアーガが生まれたことを誇る海水浴場の豪華な家々、鮮やかな緑の谷間のそこここに建つ瀟洒な白い家。

それでも緑が濃い場所には警戒しなければならない。密生した植物、輝くような緑葉を生み出す原因は一つだけ、すなわち雨である。この第一週目の風景は今でも混乱しているが、バスクの地で私の背中に打ち付けた何度かのにわか雨の記憶は非常にくっきりしている。デバでは、持ち物全部を乾かすためにホテルに泊まらねばならなかった。それが、私なりのリズムを作るきっかけとなり、カミーノ全体を通して守ることになった。二泊か三泊のキャンプの後に、小さなホテルの部屋に泊まる。心ならずも巡礼者の清貧の誓いに縛られてはいたが、ホテル代はアルベルゲの一泊代の約三倍だから、私は「普通の」ジャケ以上に金を使っているわけではないと考えて安心した。

カミーノのこの辺りで、並外れて美しい野宿の場所にいくつも出会えた。こうして私は断崖と断崖に挟まれた入り江、岩場の地層が海水の浸食を受けて、波打つ頭髪に差し込まれた巨大な櫛《くし》のようになっている場所で眠った。薔薇色と灰色の石で作られた直線が海岸から水平線に向かっていくつも伸びている。引き潮の時は、石を敷き詰めたこの神聖な道を歩くことができ、石の合間に細く海水がさざめいている。この場所で荘厳な日没を眺めるという特権を私は味わえた。太陽から伸びる最後の光線が水平線から海表面の岩で描かれたレールを通って私の所まで届いた。空は真っ青だった。前の晩のホテルでの食事で元気になっていたので、ほとんど通常の意識を取り戻していた。ある種の楽観にも捉えられていた。テントは断崖の縁、牧草地の中に念入りに立てた。日没と共に農夫たちは、牧草を集めるための長い熊手を肩にかついで立ち去っていた。夜は穏やかなものとなりそうで、ほんの少しの幸運があれば、眠りも訪れるだろう。ところがあに図らんや、一時間後、どこからともなくやってきた嵐が、今まで経験したことのないほど荒々しく海岸に襲いかかり、私は風に飛ばされそうになるテントを抑えながら一晩を過ごした。またもずぶ濡れになり、吐き気を催し、疲れ切って私は明け初めた空の下を歩き始めた。海に爪を立てていた岩場が雨の下で灰色がかって見える。私の計算では、四キロ以内にカフェはない……

孤独

最初の数日間、私はほぼ一人きりで歩いた。稀に巡礼者に出会うこともあったが、敬して遠ざかっていた。巡礼宿に泊まらないという事実は、それなりに寄り集うコンポステーラ徒歩巡礼者の世界では大きなハンデになる。巡礼宿は彼らの集合場所になっていて、様々な儀礼のおかげで自然と互いに知り合うことになる。儀礼とは、例えばベッドの選択（「上段にする？ それとも下段？」）であるが、これは重大な決断であり、たいていは会話を始めるきっかけになる。

〈北の道〉では巡礼者は少ないので、歩いている間にまったく、もしくはほんの少数しか出会わないことになる。歩くのが速い場合は、単独歩行者やグループを追い越すことがある。まずは長い間彼らの背中を見ることから始まる。リュックに吊り下げた貝殻が一歩ごとにリズムを刻んでいる。近づいて追い越す際に、儀礼的な「ブエン・カミーノ」という声をかける。それはスペイン語ではなく、ドイツ人もオーストラリア人も用いる共通語である。その言葉を発したとしてもスペイン語を話せるという意味ではまったくなく、こちらからセルバンテスの言語で何か話しかけたとしても、相手は頭を振って困惑を示すのは間違いない。

私は一人きりの状態に問題なく適応していた。カミーノが要求する彷徨と無一物という新しい状態に浸るためには孤独が必要であるとさえ思っていた。カップルやグループで歩いている人を見かけると、巡礼者の立場をとことんまで体験するための何かが欠けている気がした。外国における語学研修で同国人が一緒にいると滞在地の言葉をしっかり学べないのに似て、極限まで沈黙を続け、思考を反復させ、傍にいる親しい人に邪魔されずに垢だらけの身体になり切らないと、本当の意味で巡礼に順応できないように思われた。

こうして私は、コンポステーラという名の軍隊で最初の昇進を果たした。当初の何日か、律儀に孤独を守ることによってである。顔は短い無精髭で覆われ、服は地べたで料理をする間に付いた食べ物や泥で汚れていた。そして頭の中身は、歩行の衝撃で通常の襞《ひだ》を失い、吐き気と疲労で靄《もや》がかかって、やがて本物の巡礼者の精神状態になる大きな変容を遂げた。

かつてはどうでも良かったこと、出発前には知りもしなかったような事柄が、徐々に大きな位置を占めるようになる。行き先を定めるための標識を探り当てること、食事のための材料を用意すること、テントを立てられる平らな地面を手遅れにならぬうちに見つけること、背中にまだ余計な重みをかけているものについて考えること——そうした営みにジャケの頭は支配され、昼も夜も奴隷状態に置かれるのだ。

変容が生じるにつれて、以前とはまったく無縁の人間になると同時に、他者と出会う心構えもできてくる。

この順応期間の第一段階は、セナルーサの修道院に到着した頃に、ほぼ終結した。そこには、中世そのものの雰囲気がある石畳の道を通って到達する。この〈カルサーダ〉〔街道〕は並木が影を落としているが、私が通ったときは前夜の雨でまだぬかるみだった。両側が土手になっている区間を抜けると、大きな太陽が私を迎えてくれ、茂みを照らし、丘の上の牧草地の柔らかな緑を輝かせた。坂の上にある修道院からは、大きな白い雲が浮かぶ強烈な青空の下、遮るものも無くバスクの田園が見渡せた。付属の教会の前には、十字架の道行きの最後の場面が、花崗岩の三本の柱で標されていた。ポーチがあって、右側の教会と左側の修道院に挟まれた中庭に続いている。全体ががらんとしていた。中庭の向こう側の端は芝生の庭に通じていて、上の森に向かって傾斜している。修道士が作る品物を売る小さな店があり、閉まっていたが、係の修道士を呼べるインターフォンがあった。ボタンを押すと、雑音混じりの声が、新館をぐるっと回って厨房の前で待つようにと答える。すると確かに、教会の背後、丘を見渡せる場所に、ガラス窓のある住宅風の小さい新築の建物があった。角を曲がると、建物の下に拡がるテラスに出た。私はそこで待った。

私は巡礼者になりきっていたので、その本能に従ってリュックを下に置き、肩を揉んでから尻をつき、建物の壁に頭をもたせかけて顔を夕陽の方に向けた。人は心からリラックスすると徹底的にだらしなくなる。そこで靴と靴下を脱ぎ、足の指をくまなく調べ始めた。そのとき、青い作業服を着た背の低い奇妙な男が私の前に現れた。グレゴリオと名乗るその修道士は、禿頭で目が生き生きとし、唇の端に笑みを浮かべて、歓迎の挨拶をした。威厳を込めて、巡礼者用の寝室を見せてくれるというので、私は裸足でついて行った。それは近代的な建物の片側にあるごく小さな部屋だった。目立たない扉から中に入る。金属製の二段ベッドが並び、合板のテーブルが置かれていた。全部で八人を収容できる。修道士は私に関心を払うことなく、巡礼者向けの短い説明を始めた。終わると、それよりも外にテントを立てても良いかと、私は尋ねた。キリスト受難の最後の十字架が三本立てられた小さな庭のことが特に気になっていた。大きなプラタナスの木陰にあるこの三角形の緑地からは周囲の丘の見晴らしが利き、ベンチも置かれていた。グレゴリオはそこで野宿するのに不都合はない、と答えた。

そのとき、息を切らせながら最後の坂を上り終えた四人の女性グループが現れた。その姿を見て、グレゴリオの顔が輝いた。

私に対しては型通り礼儀正しいだけだったのに、新たに到着した女性たちには打って変わった熱意を示した。相手がオーストラリア人であることを知ると、たどたどしい英語で話し始めた。興奮した様子で、一人一人の腕を掴んで寝室に案内する。再び口上が始まるのが聞こえるが、度々含み笑いが混じる。女性たちがそれに応えて笑うと、いっそう笑い声が大きくなる。彼が外に出ると、今度は三人のオーストリア女性が到着したところで、彼の興奮は倍加する。先ほど英語にトライしたときと変わらず誇らしげにドイツ語を話した。

女性たちが部屋に荷物を降ろす間、彼は私と一緒に外で待っていた。全員が戻ってきて、さっき私がしたように座り込んだが、グレゴリオは立ったままである。自分はかつてこの同じ場所で修道士をしていたが、二十年前に修道会を離れたのだと話し始める。世界中を回って、いろいろな活動に精を出したそうだが、その活動の内容についてははっきり語らなかった。話している間、大柄なオーストリア女性の肩を揉んだ。彼女はここに到着したとき、巨大なリュックをまるで小さなクッションのように軽々と扱って下に降ろし、私の方を見たが、そのぎらぎらした視線にちょっと恐怖を覚えた。

しかし、修道士はオーストリア女性を解放し、今度はオーストラリア女性の肘を揉んでいる。こちらは顔色が青白く、唇を引き締めていて、前者ほど開放的でないように見える。だがグレゴリオは愉快な人物で、それに何はともあれ修道士ではあるから、厳格そうな彼女もされるがままにしている。喜んでいるようにすら思える。

グレゴリオは遠い外国の海を渡るために乗った船の話をした。日本と日本女性について、アルゼンチンとアルゼンチン女性について、アメリカとアメリカ女性について、愉快な逸話を語る。それぞれの地を話題にするとき、げらげら笑いながらありとあらゆる言語で覚えている単語を誇らしげに発した。最終的に、二十年間放浪したあげく、シオルツァにあるこの修道院に戻ることを決めたのだという。問題なく受け入れて貰えた。彼の語学力が、今度はオスピタレーロの役割を果たすのに役立ったからでもある。

良ければ晩課に参列するように、という誘いがあった。その後で夕食を出してくれるという。グレゴリオが消えた後に、我々のシャワータイムの混乱が始まった。私は唯一の男性で、シャワー室が男女に分かれていたから、それなりに有利な立場だった。それからテントを立てに行って、寝床を準備した。

　戻ってみると女性たちは全員消えていて、礼拝を聴きに行ったのだろうと私は察した。甲高い鐘の音が儀式への参加を呼びかけていた。

セナルーサでの晩課

修道院内の建物を一回りして、教会に入った。ロマネスク様式の、どっしりとくすんだ建造物だった。十八世紀に作られた木製の祭壇は、彫刻とねじれ柱で飾られて金箔が施されており、内陣の丸天井まで届きそうな高さである。薄暗くて細部はよく見えなかったが、突然誰かの見えざる手がスイッチを入れ、祭壇は明るく照らされた。剥き出しの石を背景に、黄金の光沢、彫刻の肌色、絵画にちりばめられた青がはじけた。やがて肩衣《かたぎぬ》を纏った修道士たちが、縦一列になって入場し、半円形に座った。数は六人で、その中にグレゴリオがいたが、彼だとはすぐに分からなかった。悪戯好きで茶目っ気のある好色な小男が、憂愁を帯びた宗教者に変身し、磔刑のキリスト像を悲嘆にくれた目で見つめている。

我が同類、オーストリアとオーストラリアから来た女性巡礼者たちは、教会の木製椅子にばらばらに座っていた。それぞれの態度によって、各人の信仰について推測が可能になる。一人は石の丸天井に向けて視線を固定しており、この場の静謐《せいひつ》の中で大宇宙への飛躍をひたすら求めているように感じられた。別の女性は膝をついて十字を切ることに没頭していて、信仰の対象がキリストであることを示している。三番目の女性は恐らくルター派の信者で、式の前に修道士から配られた小型の典礼用詩編をめくっている。きっとテキストがないと祈りの言葉を思いつくことができないのだろう。残念ながらそれはスペイン語で書かれていて、詩編の玄妙さにスペイン語の難解さが追い打ちをかけていた。私の近くの椅子には、たくましいオーストリア女性がいるのが分かり、私の視線に対してにっこりと微笑んだ。己の魅力について勘違いなどしていないが、私の中の雄の部分が働きかけているのだと実感した。彼女は来世での肉体の復活などは信じていないように思える。この世にいるうちに、肉体の恩恵は味わい尽くそうと決心しているようだ。

修道士たちは歌い始めた。一人は足踏みオルガンを弾いている。耐乏生活によって皺が刻みつけられた顔に、力強く厳かなスペインの神秘主義が読み取れる。三人は黒い顎鬚を生やしていて、エル・グレコの描く人物に似ている。

私たちは皆、祈りが働きかける魔術的な陶酔作用に捉えられていた。巡礼者がどんな動機で歩いていようとも、思いがけず宗教的な感動の瞬間が得られるというのはカミーノの特性の一つである。巡礼者の送る日々、足の肉刺の痛みやリュックの重さが重大な関心事であるような俗っぽいものであればあるほど、こうした霊的な瞬間の持つ力は増大する。カミーノはまずもって、魂のことなど忘却し、肉体とその困窮に、そして肉体の無数の要求に屈するということを意味する。そしてその後、自分を歩く動物に変身させていた辛い日常を打ち破るように、純粋な恍惚の瞬間が現れる。そのとき、一つの聖歌、一つの出会い、一つの祈りの間に、肉体は粉々に砕け散り、もう失われたと思っていた魂が解き放たれるのだ。

私の考えがそこまで及んだとき、教会の扉が乱暴に開いた。修道士たちは微動だにせず、歌い続けた。しかし信仰薄く、法悦も消えやすい我々巡礼者たちにとって、この妨害によって宗教的な高揚感は失われてしまった。人が一人、二人、そして四人、合計で二十人くらい入ってきた。それはスペイン人の男女で、皆退職年齢を越しているように思えた。白いTシャツとズボン姿で、大半がカメラを手にしている。暗闇にフラッシュの光が何度も走る。侵入者たちは低い声で話そうとしているのだろうが、グレゴリオ聖歌の優しい響きをかき消すには十分である。恥じらう様子はみじんも無く、派手に十字を切ってぎくしゃくと膝をつき、椅子に座る。典礼書のページを乱暴にめくる音によってこの騒ぎがさらに続く。慣れた様子の連中が聖歌の番号を他の人に教え、調子外れの声で交唱の部分を繰り返そうと試みる。このショーが五分間続いた後、何らかの神秘的な合図を受けて、一同は立ち上がり、全員で一斉に出ていった。さらに何枚か写真を撮り、扉を二十回きしませることも忘れずに。

この闖入《ちんにゅう》で乱された雰囲気の中、晩課は終了した。外のポーチの下で他の巡礼仲間と集まったとき、式の間に押し寄せた不作法者たちのことが話題になった。恐らくは観光バスの乗客で、ここが観光スポットになっているのだろう、というのが大方の推測だった。多分すぐバスに乗車して、今頃は次のスポットを目指していることだろう。

しかし、宿の方に戻ろうとすると、あろうことか、観光客と思われた連中がまだそこにいて、驚かされた。おまけに、庭の道をキャスター付きのバッグを引きながら、巡礼者用の小さな宿舎がある新館へと向かっている。建物を一回りしてみると、豪華なステンドグラス付きの扉と大理石の床の正面入口に向かって彼らが押し寄せているのが見えた。

グレゴリオが少し遅れてやって来たので、私たちは質問をした。講習参加者のグループだという説明だった。修道院の客室に泊まるのだと言う――設備の完備した新館を建てたのもその理由からだ。彼らについて語る口調の丁寧さから、修道士たちにとっては相当利益になるのだろうと推測する。

「何をしに来るんですか?」

「静修会ですよ」

「いったいどんなことをやるんです?」

「ヨガです」

なるほど、彼らの白いTシャツの背中にYoga group（英語?）と書かれていることに私たちは気付く。庭に入って写真を撮って戻ってきた我々の仲間の二人によれば、もう何人かが修道院の脇であぐらをかき、夕陽に向かって礼拝をしているとのことだった。

こうした経験から、巡礼者はこの世界の変化の度合いを知る。コンポステーラ巡礼は昔の勢いを取り戻しているが、それはもはやかつてのような信仰の王道ではない。ポストモダンの大消費市場に並べられた商品の一つに過ぎないのだ。修道士も実務主義者であり、この多様性をよく理解して、各人の欲望に適合したサービスを提供する。彼らを頼ってくる様々な集団の懐具合もすぐに計算した。観光客に対しては、修道院で作った製品（絵葉書、チーズ、ジャム）を高めの値段で提供する。「ヨガ・グループ」には新館の豪華な部屋をあてがう。貧しい巡礼者たちについては、ずっと前から実態を見抜いていた。修道院の門を叩く人々は、一文無しかどけちかのどちらかである。ここから一キロも歩かずに、十六ユーロでそれなりに快適な宿泊ができる私営の宿泊所があるのだから……。伝統に従って、修道士たちは巡礼者にサービスを提供しなければならない。ただし最小限の。

　我々はそのことを食事の時間にまざまざと見せつけられた。太陽礼拝を終えたヨガ連中が豪華な食堂に集まっている間、我々のもとにはグレゴリオが午後七時半に、厨房から熱々の食糧を運んできた。恐らくは以前の「ヨガ・グループ」の食べ残しで構成されているのだろうが、料理自体は不味くなかった。しかし、巨大なブリキ製の四角い鍋に入っていて、それをグレゴリオが床に置いたために、どうみても犬の餌にしか見えなかった。

　だが我々には大して問題ではなかった。腹が空いていたのである。八人全員、テラスにじかに座り、陽気におしゃべりしながら食べた。女性たちの求めに応じて、私は小さなコンロを取り出し、皆にハーブティーをふるまった。全員が持参した洗濯挟みで紐に干した靴下が、野営する軍隊のかざす軍旗のように風に揺れていた。

　ヨガ・グループが満腹してワインで上機嫌になって出てきた。我々の姿を見て、この退職者静修会参加者たちの一部が興味を惹かれる。「コンポステーラ」という言葉が口から口へ囁かれる。とうとう、最も大胆な面々がカメラを手にして近づいて来た。我々に声を掛けようとまではしない。そもそも、修道士から与えられた餌を咀嚼している音を聞いただけでは、我々に言葉を発する能力があるかどうか分からないのかもしれない。しかし、少なくとも研修から持ち帰る思い出の中に飾られるべき絵柄を我々は構成していた。カシャカシャとシャッター音がする。撮影タイムの間、我々はできるだけだらけたポーズをとり、自分たちに与えられた野蛮人の役割を完璧に演じた。正直に言えば、その役割をこなすにはほとんど苦労が要らなかった。

それから、彼らのグループと我々のグループは関係が無くなった。日没は我々にとってうっとりするようなリラックスの機会となり、生暖かい壁に背をもたせかけて座った。カミーノについて語り合ったが、最初の質問はお定まりの「出発点はどこ？」である。足肉刺のための絆創膏や薬を交換し合うことで、親しさが増す。しきりに身を寄せてくるオーストリア女性には、カミーノを歩いて疲れ切っているということを悟らせようと努力した。そうした落胆には慣れているのだろう。紙で巻いた大きな〈葉っぱ〉を吸い始め、仕返しのためか私に回そうとはしなかった。

私は受難の十字架の下に立てた自分のテントに寝に行った。中世に築かれた壁の前でヨガの太陽礼拝が行われるというカオスに輪をかけるべく、私はiPadでアメリカのテレビドラマを観た。眠り込む少し前、外で微かな音がして、これは例のオーストリア人が闇に乗じて私を襲おうと最終攻撃を仕掛け、テントに潜り込みに来たのではないかと恐れた。しかし風か、何かの動物だったのだろう。すぐに静かになった。そして、誰の中にも矛盾はあるもので、一瞬残念な気持がよぎった……

朝になってセナルーサ修道院を出るとき、私は自分が変わったことを感じた。ここでの宿泊が、順応と意図的な孤独を目指した第一週の終結となった。これ以降は、社交的な巡礼者の段階に移っていた。

それでも、集団を作って出発する段階にまでは至っていなかった。そもそも〈北の道〉では、各人は自分自身と同行しているのだ。巡礼者たちは夕方、宿泊地となる街や巡礼宿で、再会する。しかし、例のオーストラリア女性たちのように当初から作られたグループは別として、日中は一人で歩くか、またグループを作っても束の間の団体の形をとる。そのため、続く宿泊地でオーストリア女性たちに出会ったとき、三人組は解消していた。

しかしながら、相変わらず一人で歩いてはいたものの、最初の数日間と違い、私はもう孤独を必要としていなかった。カミーノに十分順応し、巡礼者としての自分と十分折り合いを付けていたので、人との出会いを受け入れ、一人一人まったく異なる巡礼仲間と友情を結ぶことができるようになっていた。

マラソンもサンティアゴも同じ戦いだ！

最初の数日に環境の変化で生じていた身体のトラブルも、消えてはいなかったが限定されてきた。すべては足の指の少し下辺りのひどい痛みに集約されていたのだ。相当耐えがたいものだったが、進展も見られた。私の不調はすべて、睡眠不足も筋肉痛も空腹も喉の渇きも、まずは脚まで下りてきて、次いで足の裏まで到達したという確信である。

巡礼者の足！　下らない話題だが、カミーノではかなりの重大性を持つ。宿泊地に着くたびに、通常重きを置いていない足の末端を存分にケアする習慣ができる。巡礼者の中には足が悪夢の種となる人たちがいるが、彼らは他人にもそれを味わわせる。というのも、苦悩を自分の心の内だけにしまっておく人は稀だからだ。もっと内密の箇所、羞恥心からさらけ出したくない器官と違い、足は進んで公に見せる対象となりがちである。足を健常者の鼻先に突きつけるのは、何か意見をもらい、もしかして同情の視線が、肉刺や擦り傷やその他の炎症に対して、癒しの効果があることを期待しているからかもしれない。カミーノにある商店、特に薬局はそうした人々で溢れかえっていて、彼らが最初に行うのは靴下を脱いで傷だらけの足をさらすことである。バスクで私はそれなりの年齢のイタリア人、基本的に堂々として会社か大学で重要な役職を担っていると思われる人物が、薬局のカウンターで足を見せると言って聞かない場面に遭遇したことがある。その足は血がにじんで悪臭を放つ戦場と化し、汗と泥に汚れた絆創膏が何の役にも立たぬ状態にある。薬局の哀れな女店員たちは、なんとか思いとどまらせようと、スペイン語で金切り声を上げている。彼女らの顔は深い落胆を表現していた。それは運命の悪戯で忌まわしいカミーノの近辺に勤めさせられた不幸を嘆くものである。靴下を脱がずに慎み深く自分の問題を説明してくれる巡礼者に消毒薬を売る場合は、まだ良い。しかし、スペイン語で意思を表現できず、身体を用いた人類共通語《エスペラント》に頼って他の客の前で血まめを見せびらかす人々には、女店員たちは露骨に嫌悪感を示す。彼女らの返事はただ数字を繰り返すだけで、その声が段々大きくなる。件《くだん》のイタリア人はその数字の意味が分からず、カウンター上の足をさらに押し出して、香水の見本瓶や、植物成分の肥満予防薬をなぎ倒すに至った。見かねて私は、一番近い病院に向けて出発するバスの時間のことだと通訳してやった。

この厄介な状況を乗り越え、幸いにして足の裏に胼胝《たこ》ができる段階に到達した巡礼者は、この成果物を大事に守るために、毎晩宿に着くとすぐ忘れずに靴を脱ぐ。宿での夕食後に散歩するジャケたちは、間違いなくゴムサンダルか普通のサンダルかクロックスを履いている。その格好がお互いに巡礼者だと分かる目印にすらなっている。私はまだその段階に到達していず、肉刺が痛くてたまらなかった。山登りの経験があるので高をくくって失敗したのだ。山で肉刺を作ったことなどなかったため、コンポステーラでも危険はないと過った判断をしてしまったのである。重大な失敗だった。登山靴というのは薄い皮製で、最新の素材で裏地を付け、傾斜地（登りと降り）で用いられる。山へのアプローチはそれほど長くなく、歩みもゆっくりとしている。カミーノは別である。平坦な道を早足で何時間も何時間も歩く。しかも暑い。毎朝、ちっとも減らない痛みを抱えて八時間から十時間の苦行に出発するのである。加えて、私のように出発の直前に靴を買って、足慣らしもしないという愚かさを発揮した場合、結果は悲惨である。私が選んだ靴は小さすぎ、履き心地も悪かった。無頓着と慢心と吝嗇《りんしょく》を発揮した報いである。ロシア人は「しみったれはいつも二回金を払う羽目になる」と言う（息子が私に向かって何度も言う）。私はそれに当てはまり、道の途中で別の靴を買わねばならなかった。その交換を行った町はゲルニカである。この受難の町は私の苦痛を見そなわし、和らげる力を備えていたようである。ここで買った新しい靴は非常によく足になじんだ（これを書いている今朝もまだ履いている）。しかしながら、この靴が将来の安寧を準備してくれたにしても、前の靴がもたらした被害をたちどころに修復する力は持っていなかった（前の靴はゲルニカの清掃中の卸売市場沿いで、大きなゴミ入れにそっと滑り込ませた）。痛みを我慢し、一歩あるくたびに身体全体に響き渡る苦痛に耐えなければならなかった。しかし、私には確信があった。歩き続ければ、痛みは新しい靴の底を通して地面に染み込んでいくだろう。中世では、犬の背中に素足を乗せて眠れば、リュウマチが犬の体内に流れ出ていくと信じられていた。私の考えもほとんど同じだった。一歩ごとにしかめ面をして、よたよたと歩きながら、カミーノが私の困窮の傷痕をやがてはすべて呑み込んでくれるだろうと期待していた。

この精神状態でビルバオに到着したのは晴れた日曜の朝だった。大都会に徒歩で入っていくのは常に面倒でつらいものがある。ここから先はずるをせずにどの町も歩き通したのだが、白状すると、ビルバオに近づくにつれて足の裏は血がにじみ、とうとう挫折した。同じ方向に進むバスを見つけ、街を取り囲むごみごみした工場や倉庫を抜ける最後の数キロメートルをバスに乗って通過したのだ。バスに乗客はいなかった。次の停留所で二人のフランス人女性が乗り込んできた。私と同じ巡礼者だった。元気いっぱいの中年の姉妹で、帆立貝の殻を身に着け、快活さに溢れていた。カミーノを歩くのは四回目だと言う。毎回、違う場所から出発する。一回はセビージャを出発する有名な〈銀の道〉を辿って、エストレマドゥーラ州を横断したそうだ。変わっているのは彼女らが最後まで歩き通さないということである。まだ一度もコンポステーラにたどり着いたことがない。彼女らの夫は、二週間一人で置き去りにされることを承諾しているらしい。それ以上長くなると家を出て行かれる恐れがあるのか、夫たちの愛情が恋しくなるのか、家に帰りたくなる。今回の終着点はサンタンデールになりそうだ。

彼女らは私より元気があり、とある停留所で先に降りた。アブリル山を登って、町の上方からビルバオに入る道を辿るという。私は足の傷がまた開く危険を冒すよりはいかさま師と見なされる方を選び、バスの座席に座ったまま姉妹に別れを告げた。それからしばらくして、二人の姿がもう消えた頃、彼女らのリュックから落ちたらしい小さなガイドブックを見つけた。彼女らがここまで携えてきた詳しい小冊子で、これから先の宿泊地の案内があり、メモ書きも残されている。この冊子をめくってみて、私は心動かされた。どの巡礼者も似たようなものを一冊は持っていて、それが持ち主の気質を明らかにする。ある人たちにとって（私もその一人だ）、過去はすぐに消されてしまう。私は毎日、踏破した道にあたるページを破り捨てる。このように一貫した忘却を実行する人々にとって、旅というのは永遠の非対称である。彼らは明日に向かっていて、過去から逃れ去る。私は旅の間メモを残さなかったし、宿泊地でノートに何か書き殴って貴重な省察の時間を費やす人々を見て苛々することさえあった。過去というのは、各個人に与えられた気まぐれで魅力的な、「記憶」という名の器官の裁量に委ねるべきだと私は思う。記憶は出来事に重要性を付し、その度合いに従って選別し、排除し、保存する。出来事が起きた瞬間に人が下す判断と、この選択とはほとんど関係が無い。こうして、素晴らしく貴重だと思えた光景が頭から跡形もなく消え去るのに対して、何気なく経験した取るに足らない瞬間が、情動を付加され、生き残り、いつの日か生き返るのである。

それに対し、二人の姉妹を含む他の人々にとって、経過した時間も未来と同じように貴重である。過去と未来の間に、強烈で、はかなく、濃密な現在があって、その効能を持続させるためには、ガイドブックをメモで埋め尽くさなければならない。彼女らが失ってしまったのはそうした小さい冊子であって、無くしたことをひどく後悔するだろう。私は別のカミーノを私的に案内してくれる、この貴重な資料を持っていくことに決めた。

バスはビルバオの中心街まで行くはずだったが、蛍光色のベストを着た係員が、それより前で止まるよう指示した。ネルビオン川の堤防道路がマラソン開催で通行止めになっていたのだ。私は下車せざるを得ず、足を引きずりながら最後の区間を歩いた。太陽が超モダンな地区の正面を輝かせ、その真ん中にガラスの花を咲かせているようなグッゲンハイム美術館が見える。雰囲気は再び著しくポストモダンになった。私はと言えば、型崩れしたリュックを背負い、薄汚れて、足を引きずって中世の道と称されるものを歩いている。しかし周りには、ランニングタイツ、ナイキのシューズ、胸に心拍ベルトを巻いた人々が、軽快な足取りでガラスと鋼鉄の風景に沿って駆け抜けている。その風景が証し立てるのは、人類の自然に対する勝利と聖なるものの占有であり、聖ヤコブの遺物を崇拝しに赴くことで中世が贖おうとした苦悩からの解放であろう。

コース係員がマラソンランナー専用の歩道から私を手荒く追い払った。旧市街に着くまで、今日の出来事についてじっくり考えを巡らしてみた。そして、私の企てと、ニューヨーカーのような格好をしたナルシスティックなランナーがやっていることは、根底においてそれほど異なっていない、という結論に到達した。私が身を投じている試練の方が、時間が長くかかり、別のルールを含んでいるだけなのだ。そこには異なった倫理と美学が前提とされている。だが率直に言って、千年前の本物の巡礼者より、二一世紀のジョガーの方に私は近いということも認めざるを得なかった……

こうしたスポーツの隠喩を考えていて、私は一週間歩いた後の完全な休息期にビルバオを充てるべきだと決心した。それは歩道で私の横を走っているランナーのように四十二キロではなく、八百キロを踏破する——それが「巡礼」と呼ばれるチャレンジの内容なのだ——条件を整えるために必要なことだと思ったのである。

ビルバオ

一週間の歩行はまだ散歩のようなものである。長くて、辛くて、尋常でない散歩であることは確かだが、一週間は休暇の一単位に相当する。その先は、まったく新しい領域に突入する。連続する日々、恒常的な努力、疲労の蓄積が他と比較できない経験を作る。この一週間というリミットを越えるビルバオで、私は目眩《めまい》に捉えられた。すべてを終わりにしたいという強い誘惑が生じた。いずれにしても、見るべきものは十分見た。巡礼がどんなものかも理解できたように思える。これ以上引き延ばしても、同じような日々を積み重ねるだけで、何の役にも立たないだろう。自由になった時間を使えば、別の仕事がいろいろできるという考えが私を誘惑していた。足の傷はまだふさがっていなかった。それは帰国を早める口実になり得るだろう。もっとしっかり準備してまた別の年に戻り、三年か四年かけてこの後のカミーノの切れ切れの区間を合算し、踏破を完成させるという可能性はまだ残っていた。

私はただシャワーとベッドを利用するためだけに、ビルバオの中心部にある小さなペンションの、ごく狭い部屋を取った。窓の下の路地では、日曜に外出した人々が笑ったり叫んだりしていたが、にわか雨が降ってきて全員退却した。私は家に戻るという考えに慰められながら、うとうとした。明日になったらフランス行きの列車の時刻を調べよう。国境に向けてひた走る車両にゆったりと腰を下ろしている自分の姿がもう見える気がして、まどろんだ。

ところが、こうした誘惑の悪魔たちよりもカミーノは強力である。それは抜かりなく、狡猾である。悪魔たちには言いたいことを言わせ、正体を明かさせ、勝利を確信させておく。そして突然、眠っている人を目覚めさせ、汗びっしょりでベッドから起き上がらせるのだ。『ドン・ジュアン』の騎士の像のように、カミーノは非難の指をあなたに向ける。「何だと？　逃げ出して、おめおめと途中で帰る恥をさらすのか！　結局お前は意気地無しだということだ。お前は怖がっている。何を怖がっているか分かるか？　お前自身をだ。お前はお前自身の最大の敵だ。いつだって奮闘の邪魔をする。お前は自分を信じていない。お前が足枷から自由になり、己自身と立ち向かって打ち倒す千載一遇の機会を授けるのは、私サンティアゴである」

そうしてあなたは浴室に行き、顔に冷たい水をかけ、もう一度、カミーノの意志に服従することになる。

私の場合はこのような次第だったが、他の多くの人にとっても同様だろうと想像する。私は丸一日の休みを自分に与えただけだった。翌朝出発せずに、街に一日残って観光と睡眠に充てることにしよう。そう決めて、外に出た。

スペイン人は皆で同じことを同じ時間に行うのを好む。その結果、街の散策はかなり対照的な性格を示す。例えば、カスコ・ビエホの中心にあるヌエバ広場は日曜日に人だかりで真っ黒になる。その後、急に閑散として、手綱の底のザリガニのように観光客だけが取り残される。ベゴーニャに登る階段は午後遅くまで閑散とし、サンティアゴ大聖堂も夕方のミサまでは空っぽになる。しかし、私が見学に出かけた時間帯はまだ祈りに訪れた信者や観光客の行き来が盛んに行われていた。内陣を大股で歩き、後陣の礼拝室を一つ一つ眺めていると、前に二人の巡礼者の姿を認めた。前にも言ったように、徒歩巡礼者は宿泊地に着くと、まず靴を脱ぐことを心がける。どんなに大都会でも、巡礼路にある街で足の指を曝して歩いている人間は巡礼者である可能性が極めて高い。自分の前にこの種の見本が二つあった。近づいてみると女性であることが分かり、興味はさらに増した。とうとう二人を追い越して振り返り、疑いは完全に一掃された。バスに乗っていた姉妹だったのである。私であることがわかると彼女らは叫び声を上げ、一緒に上機嫌で教会を出た。こうした偶然によって、人は奇蹟を信じ始めるのである。

二人を連れてペンションに戻り、貴重なガイドブックを返して上げた。彼女らは喜びの声を切々と上げる。少し彼女らが羨ましくなった。というのも私のやり方だと、こういう幸運は訪れそうにないからである。過去の痕跡は一切残さないので、いつの日か、誰かがやって来てこう言ってもらわなければならない。「ほら、あなたの記憶を見つけましたよ」。しかし、こうした奇跡を行える人物は私自身しかおらず、たまには誰かにその労力を代わって貰えないかと思うのである。

我々はカフェのテラスで奇遇を祝った。もう旧知の仲であるかのような感じがした。彼女らは自分の人生、つまりは巡礼の道のりについて前よりも多くを語った。前にも言ったように、巡礼者は普通、自分のことはその部分しかさらけ出さないものである。私は相手の好奇心をかわす必要が無かった。私の行程についてしか質問がなかったからである。彼女らは翌朝出発し、もう二度と会うことはないだろう。

ビルバオ滞在の二日目は、実業の街の顔を発見する機会となった。昼食時、レストランはネクタイとスーツ姿のエリートサラリーマンで一杯だった。オフィス街はパリの八区に似ていた。私はリュックをペンションに置いてきた。しかしゴムサンダルと汚いズボンのおかげで地球外生物のような風体だった。しかしながら、大都会の利点はすべてを許容するところにある。巡礼者はそこでは異物であるが、だれも気に留めないし、幽霊のようにどこでもうろつくことが可能である。それでもコンポステーラ巡礼のガイドブックには、おしゃれな大通りは避けた方が良い場合もある、というのも「商人たちにとって、巡礼者は歓迎されない」からだ、と書いてある。パリで私のようなみすぼらしい徒歩巡礼者がモンテーニュ大通りに迷い出て、シャネルの店で靴下を買おうとすれば、やはり歓迎されないだろうと想像する。

そうした大胆な行動は避け、見学すべき美術館や教会は訪れてからホテルに戻ったが、買い物はモロッコ人の果物店で買ったリンゴ五百グラムだけだった。店主はフランス語が話せたので、ビルバオには北アフリカ出身者は多いのかと尋ねた。すると「ここは何でもありだよ」とうんざりした様子で言った。彼から不法移民についての不平を聞かされる前に、その場を離れた……

部屋で一人、休息のおかげで元気をだんだん回復した私は翌日の行程を調べた。実はそれがビルバオを心穏やかに出発することを妨げる最後のハードルだった。

なぜなら、ポルトゥガレーテまでの短い行程が、相当に鬱陶しいものらしかったからである。ガイドにはこう書いてあった。「打ち捨てられたドック、荒れ果てた工業地帯、不法に占拠された労働者アパートを回避することはできない」。その上で、この十四キロを歩く間に信念を失わないため、こう付け加えてある。「このような景観を前にして、場違いで途方に暮れるのももっともであるが、恐れることはない。ニューヨークのブロンクスにいるわけではないのだから」。長時間快適に休んだ後で気が抜けた身にとって、こうした予想は再び歩き出そうとするのに理想的とは言えなかった。

さらに間が悪いことに、朝出発しようとすると、雨が降り出していた。今回は驟雨ではなく、身体にしみ込むような冷たい雨がしとしとと降っている。急いで外に出る気分には到底なれず、フロントで支払いをぐずぐずと行った。そのとき、ホテルの従業員が与えてくれた情報を、私は遭難者に投げられた浮き輪のように受け取った。彼は物憂げにまずこう言った。

「ポルトゥガレーテまで行くんですか」

巡礼者の愚かしい往来は、地元の住民にとってほとんど関心がない。この質問をしたのも儀礼上であり、この安宿で目を覚ましているのが自分たちだけで、まだ電気すら点けていない時間帯だったためかもしれない。私も気の無さそうに「そうだ」と答え、会話を引き延ばすために道を尋ねた。

「最初の角を右です。それから階段を降りて。ホームを間違えないように」

「ホーム?」

「ここはメトロの線が二本あるんです」

メトロ！　この街にメトロがあることはまったく予想外だった。私のためにわざわざ神が作ってくれたのではないかと思え、自分の巡礼者という新たな身分に反応するようになっていたので、このインフラストラクチャーのなかに聖ヤコブの恵み深き加護の手を見たのである。

しかし、真正なる巡礼者はこうした破廉恥な交通手段（バス、タクシー、列車、飛行機）をすべて厳しく断罪する。本物のジャケは歩くことしか知らず、その他のことは軽蔑する。私はバスに乗ったことでこのルールにすでに違反していたが、足の指から血を流していたという言い訳があった。しかし今度は、たっぷり休息を取っていたし、現代のセイレーンの歌声に再び惑わされて良いはずがない。列車の話が持ち出されたのなら私はそのチャンスを撥ね付けたであろう。しかし、メトロである。私は長い間パリで暮らし、この運輸手段にはなじみがある。それは私にとって市内移動と同義語である。メトロに乗るということは、本来のカミーノから何かを除き去るというわけではなく、同じ街の中の出発点を変更するだけなのだ。とってつけたような理屈だと思われるかもしれないが、正にその通りで反論の余地は無い。しかしながら、巡礼者は普通の人間とは考えることが違う。巡礼者は巡礼者に固有の喜びと苦しみを味わう。自らに課す努力は、出不精の人間に耐えられる努力とは比べものにならない。その楽しみ、あるいは徒刑囚の用語を使うならその刑罰は、極めて個人的な刑法典によって定められている。メトロについては、巡礼者各人が自らの内に持っている裁判所で即座に判決が言い渡された。この文明の利器を用いる許可が下りたのである。カミーノ全体で、私が人道主義的な処遇を得る権利を行使したのは二回だけだ。ビルバオの街に入るためのバスと、そこから出るためのメトロと。そしてそのことを私は後悔しなかった。

というわけで私は、バスク人たちの通勤時間帯に、ぴかぴかのメトロのホームのベンチに座っていた。いかに自分が放浪者の新たな段階に入ったか、私は実感していた。かつてなら、こぎれいな身なりをした寝ぼけ眼のサラリーマンに囲まれて、ゲルニカで買ったシューズとリュック姿の自分を場違いだと感じただろう。しかし、反対の状況が生じた。私は完全にリラックスしていた。彼らの身なりを好奇心と、一片の哀れみをもってさえ眺めたのである。

メトロを降りて駅から出ると、まだ雨が降っていた。ポルトゥガレーテの名所の一つで、例の姉妹に勧められた有名なゴンドラ運搬橋（ビスカヤ橋）は、雨のカーテンで隠されていた。私は見学を諦め、有名な「ビデゴリ」（赤い道）（遊歩道と自転車専用道路）の方に向かった。私は産業用接着剤工場の倉庫で雨宿りをして、リュックから防水オーバーズボンを取り出した。こういう装備がぴったりと身体に合うのは珍しいことで、そのおかげで濡れずに快適であった。

土砂降りは止みそうになかった。このバスクの最終区間に関して言えば、雨のおかげで私は誰にも邪魔されることなく、剥き出しの生の自然を間近で眺める特権を得た。岩だらけの海岸の後、晴れた日に行楽客を受け入れる設備のある浜に、雨のヴェールの中でパラソルが冷たく、淋しげに畳まれていて、まるで裸の体をシーツで隠して眠る美女たちのようであった。

強風と、塩からい波しぶき、冷たい雨の降り注ぐ悪天候の下でこそ、巡礼者は陽光溢れる色彩を前にしたとき以上の感動を覚える。野生の自然に身を任せ、その中に融け込んで抵抗しているという感覚、それでも自然がその気になって襲いかかってくれば、波で転がされるか突風に吹き飛ばされることを知っている感覚、これは稀にしか得られぬ快楽である。誰もがこの快楽を感じるわけではないかもしれない。しかし、悪天候を好む巡礼者の種族というのは確実に存在していて、私は幸運にもその一員である。

海に突き出た断崖の急坂を辿りながら、私は知らず知らずのうちに州境に近づいていた。バスクと別れてカンタブリア州に入る。バスクで私が最後に見た光景の一つは、カミーノだけしか作り出せない、時を超えた場面であった。あるとき、矢印を辿って高速道路の近くに着いた。道路は二つの丘を繋ぐ高架橋になっていて、数十メートルの高さの巨大なコンクリートの柱で支えられていた。巡礼路の方は丘を降り、高速道路の下を通っている。道の陰になる形になって、その下は雨が降っていない。上部を覆われたこの道で、二人の男が馬の傍で立ち話をしている。一人は農民で、もう一人は幅広の革製ズボンと丸い縁の帽子の騎士のような姿である。騎士は地面に下りて馬の手綱を握っている。彼らの話は聞こえなかったが、降りしきる雨と緑の丘を背景にした二人の絵姿は、ムリリヨのパレットからそのまま出てきたかのようであった。場所はどこでもいいが大昔、馬が現代の機械の役を果たし、土地は農民が耕し、騎士に守られていた時代。言い換えれば、一歩一歩自分自身の中世を作り上げている巡礼者にとって、この二人は自分の同時代人なのだ。同時に、頭上ではトラックが高速道路を猛スピードでうなりを上げて走り、巨大な橋の接合部を車軸が叩く音が聞こえる。この情景ほど時間の堆積、現代人の意識の地層を物理的に目に見えるものにしているものはない。そこでは、最も新しい層が、それ以前の層の上に乗っているだけで、繋がりを断ったはずの過去はその下に埋もれて無傷のままなのである。

騎士は馬にまたがった。私が聖ヤコブの青い貝殻の印を辿りながら、丘を駆け下りている間、彼は急な山道を登って、雨に濡れて光る大木に囲まれた真っ白な家が軒を連ねる方に向かって行った。カミーノの与えてくれる幸福はこうした瞬間によって作られる。それは頭上の障害なき現代の車道を、猛スピードで走っている人々には永遠に味わえないものである。

カンタブリアの渡し船で

先に言ってしまおう。カンタブリアは好きになれなかった。あるいはむしろ、その地を横断するカミーノの長い道のりについてはあまり評価できなかったと言うべきだろう（内陸部、特に有名な連山ピコス・デ・エウロパの周辺では素晴らしい手つかずの自然が残っていることは承知している）。この地方の巡礼路は単調で面白みが無く、道の作りを間違えている。自動車道路に沿って延々と続く区間、工業地帯の風景、荒れた分譲地に点々と立てられた「売り出し中」の看板……

そうは言っても、巡礼者はツーリストではないことを思い出しておこう。絶え間なく崇高な景色があることを要求する権利は無いし、バスクが次々と美しい風景を振る舞ってくれたとしても、スペインのすべての地方に同じことを要求できる謂われは無い。

それでも、カンタブリア州横断で積み重なった苦々しさと退屈を背景にして、いくつかの美しい瞬間が浮かび上がる。田舎には素晴らしく美しい町があって、カミーノはそのいくつかを通り抜ける。その第一はラレドである。町には上方から、高速道路の分岐点を苦労して抜けてから近づく。足下には、旧市街の赤い瓦屋根がひしめき合って、不調和の調和を見せている。徒歩巡礼者はそこにゆっくりと降りていく。教会の鐘楼や、路地が描く模様や、広場の数々をじっくりと眺められる。最後にはだらだらと続く階段が、その絵柄の中に自分を導き入れてくれる。最後の階段を降りて商店街に出ると、テレビのクイズ番組でスポットライトを当てられ、不安そうにどこからともなく登場してくる一般人のような自分を、通行人が眺めるだろう。

この旧市街は魅力的で、満足できるものと言って良い。だが残念なことに、ここはカンタブリアで、以前から強欲な開発業者の餌食になっている保養地である。かつて街に続いていた広大な浜は、長いあいだ人の手の入らない極めて詩的な場所であったはずなのに、今では延々と続くウォーターフロントになっている。シャッターの閉まった賃貸住宅や別荘の雑然たる建物群が、醜悪さを競う狂乱のコンクールで一等賞を取ろうとひしめき合っている。その中で巡礼者は苦い思いを抱きながら、直立不動で並ぶ壁たちの巨大な軍隊を閲兵する。晴れた週末や学校が休みのときは、この辺りも少しは活気づくのだろうと想像する。海岸にはあちこちに遊び場があるから、子供たちを迎え入れるに違いない。しかし今のところ、誰もいない。初老の女性たちが何人か、小犬を散歩させているだけだ。

かつて巡礼者たちが砂丘に沿い、荒涼とした風景の上を海鳥が飛ぶのを眺めながら歩いていた時代の記憶は、海沿いにぽつんぽつんと置かれた巡礼路の印だけが担っている。だがこの海岸の何と長いことか。一番端の最後の建物群も、他の建物に劣らずおぞましい。そこから離れられてほっとするうち、海と川の間に見える砂浜の突端に向かって進む。そこで突然、荒涼とした河口が開け、渡し船で渡らなければならない。乗船するための浮き桟橋はない。船が向きを変えて横付けし、タラップから乗り込む形である。船に付けられたモーター以外は、中世から何も変わっていないに違いない。少なくとも船に乗っている十分間は、他のすべてを忘れ、カンタブリアに愛情さえ持たせてくれる、調和の取れた稀な瞬間である。二ヶ月前に自分の家から歩き出したオート＝サヴォワの人に出会ったのはこの船の上だった。

しかし幸福感は長く続かない。すぐにまた国道に沿って歩くことになる。湖の見える風景を横切っていることは慰めにはならないし、むしろその反対である。巡礼者は水面とすれすれに、鴨や魚のことを考えながら歩くのだが、それだけに余計、猛スピードの車のエンジン音にショックを受けるからである。車道に沿った巡礼路には運転手が捨てたゴミが点々と落ちている――空き缶、紙くず、煙草の空き箱。カンタブリアで、巡礼者は初めて自分自身が屑であることを意識する。歩みの鈍《のろ》さの故に、普通の生活からは排除されて無価値な物となり、泥水を跳ねかけ、クラクションを浴びせ、場合によっては跳ね飛ばす対象となる。バスクで浮浪者になったのではまだ足りなかった。さらにもっと落ちぶれて、ゴミをかき分けて進む唾棄すべき物になる必要があった。この体験が快適であるというのは言い過ぎであろう。しかし、この苦行の中にもある種の歓びはある。のろのろと歩いて行う水平方向の前進に加えて、自分自身の評価、あるいはむしろ他人による自分の評価が垂直方向に下降して行くのだ。なぜなら、極端な卑下が傲慢に繋がる途であるというのは、常識の類いと言ってよい（そのことを自分で悟ることは稀だが）。巡礼者は自己の評価が下がるにつれて、より強くなったと感じ、ほとんど怖い物無しの状態になる。全能感は完璧な苦行と決して遠くないところにある。こうしたことを考えることによって、人は少しずつカミーノの真の秘密に近づいていく。それを発見するにはまだ時間がかかるけれども。

カンタブリアは我々を悟りの途に進ませてくれる非情な女神である。しかし、苦労に報いることも知っている。アスファルトをたっぷり味わわせてくれた後、再び河口と渡し船の息抜きを与えてくれる。最後の渡しは最も美しく、対岸はサンタンデールである。

船に乗る桟橋に到達するまでの最後の一時間、私は単独で歩く巡礼者のずっと後を歩いていた。注目すべきは、我々皆が背負う普通のリュックではなく、中世風の頭陀袋《ずだぶくろ》を担いでいたという点である。手には太い棒を持っていたが、昔の版画などに描かれた伝統的な巡礼杖よりもずっと短くてずんぐりしていた。ともかくも、奇妙な風体だった。

船着場までの最後の数百メートルは、相変わらずバカンス用建物群の迷路を抜けるが、当然のごとくどの家も閉まっていた。こうした景観はすぐに奇妙な感覚を引き起こす。ロブ゠グリエの映画の中にいるような感じがした。見知らぬ不思議な巡礼者を追跡しているという事実によって、情景はさらにミステリアスになった。

とうとう頭陀袋の男に追いついて、近くで観察すると、驚きはさらに増した。遠くからシルエットを見た限りでは、懐古趣味が昂じてカミーノの伝統的装束を着込み、コスプレイヤーと見まがう連中の一人だろうと想像していた。ところがその逆で、頭陀袋と杖以外はまったく普通の出で立ちだったのだ

――ジーンズ、一九六〇年代風の防水ジャンパー、タウン・シューズ。自分の家から近所の角まで煙草を買いに下りてきたといった風情だった。

船上で、他の巡礼者たちと船首に陣取った。こちらの方はハイテクのハイカーの類いでGPS付き腕時計と最新型のゴアテックス・シューズを身に着けていた。私は頭陀袋の男の持ち物を褒めた。頭陀袋に肩ベルトを付けてリュックサックを発明するまで、何百年も支配的だった真の伝統を守っているのは君だけだ、と冗談ぽく言った。すると、

「これ頭陀袋って言うんですか」と、気の無さそうに自分の袋を眺めて言う。

「実を言うと、何も考えてないんです。家にあるのを持って、出発しちゃったんで」

会話を通じて、彼が嘘をついていないことが分かった。想像したのとまったく異なり、自分の風体に対して特別の意図はまったく無かったのだ。どちらかと言えば、カミーノに対して不安をまったく持たず、そのため準備もまったくしていない人間だった――後にも先にもそんな人間には出会わなかった。彼はまったくもって単純に、問題と感じていない。身の回りの品と袋を持って家を出、歩き出した。ただそれだけのことである。

けれども、彼は非常に計画的だった。降り場のサンタンデールの波止場が近づいて来ると、我々は宿の話を始めた。彼はペンションの部屋を予約済みだった。船が到着して、まっすぐどこへ行くか決めていたのは彼だけだった。しかしこうしたことすべてをまったく何気なく語るのである。それまで存在を

知らなかったタイプの人間を前にしているような気がした。効率的で、実務的で、真面目で、有能なエリート巡礼者。普段何をしているのだろうかと考えざるを得ない。しかし、巡礼文化に順応していた私はそのような質問はしないものだということをわきまえていた。

ありきたりな外見の中で、異彩を放っていた唯一の物は手に持つ棒であった。近くで見るとそれは巡礼杖ではなく、ましてや我々の多くが持つ伸縮式のストックでもなかった。単なる畑の杭であった。ざっと四角く削り、先端は鉈《なた》でいい加減に尖らせてタールが塗ってある。好奇心を抑えられず、とうとうその棒で何をするのかと尋ねてしまった。

「犬に襲われたんですよ。走って逃げたんだけど、身を守るものがこの杭しかなくて」

それ以来、彼はただ何となくそれを持ち続け、クロマニヨン人にふさわしいこの道具を手に、大都会を歩き回ろうとしている。こうして、この奇妙な巡礼者の心の中で、先祖伝来の犬に対する恐怖が、二一世紀的なクールな出で立ちに、新石器時代以来の愉快なアクセサリーをコーディネートさせたというわけである。

巡礼に出発する前、カミーノについていろいろ調べていて、犬について不安を覚えさせるような証言を数多く読んだ。巡礼から戻って来て、犬と遭遇した恐怖の体験を語る人々もいる。難を逃れた生存者たちが立ち向かったと主張する大型犬を前にしたら、私はどう対応しようかと考えたものである。ここまでは運が良かったのか、それとも皆が大げさなのか。行程の至るところで、しばしば犬の鳴き声を聞いた。しかしその姿は声ほど恐ろしげではなく、大半は檻か壁の向こうに閉じ込められていた。驚くほど多くのやせこけた雑種犬や、キャンキャン吠える小犬、老犬には出会った。結局、凶暴な犬たちは巡礼者をたらふく食べ、消化不良で絶滅してしまったと見える。

パイプラインの神

サンタンデールは巡礼者にとっても快適な街である。勾配のある路地と観光名所があって、人間的な規模であるが、匿名性は確保できる程度には大都会である。自分が邪魔者であると感じることなく、群衆の中に溶け込むことができる。私が決めた野宿と快適生活の交替リズムによれば、再びまともな部屋で休む頃合いになっていた。ガイドブックでペンションを見つけ、電話した。空き部屋があるというのでそこに赴く。

これがホテルだろうと思った建物は港からほど近い下町の大きな広場にあった。指定の番地には集合住宅しか見当たらない。ペンションは五階にあった。ベルを鳴らす。上品な服を着て髪を整えた年配の女性がドアを開けてくれた。部屋を間違えたかと思ったが、確かにここで良かった。

家主——この女性である——が広いアパルトマンのいくつかの部屋を貸間にしていたのだ。しかし観光客が泊まる三つか四つの部屋を除くと、壁に掛けられた版画も、エントランスのピアノも、テーブル上のレースのクロスも、何も手を加えられていなかった。入って左の客間は、骨董品でいっぱいのショーケース、ビロードの肘掛け椅子、タピスリーでできた暖炉のカバーといった、珍妙な品々で飾られて(「飾る」という言葉を使えればだが)いた。

私はこのしゃれたアパルトマンの中を、自分の粗野な外見を意識しつつ歩いた。女主人は寛大にも、眉を顰《ひそ》めたりはしなかった。貸間から上がる余剰収入は、自らのテリトリーに臭い髭もじゃの男を招き入れるという不都合と引き替えに得られるのである。彼女は自分のやり方に自信を持っているように見え、この試練も必ず自らの利益になることを知っている。文明というのは野蛮よりも強い。一時間の後、巡礼者は体を洗い、髭を剃り、良い香りをさせて部屋を出て来るのだ。私もその例に漏れなかった。

サンタンデールには商店の並ぶ路地、タパスのバル、（フランス人にとっては）エキゾチックな品が並ぶ食料品店があり、非常に気に入った。故障したデジタルカメラの代わりにコダックの小さなカメラを非常に安い値で買った。この有名なメーカーはその後倒産したが、カメラは今も持っていて、問題なく写る。

この感じの良い街で一日の休息を自らに与えても良かった。しかし、私はすでにビルバオで時間を無駄にしていた。カミーノは私を待っている。心の中で急かし立てる呼び声が聞こえる気がした。最終的に街にもう一日留まることを決めていたら、カミーノは後悔と罪悪感を私の中に植え付けて罰していたであろう。もはや実権はカミーノが握っていて、抵抗しても無駄だということを私は感づいていた。

ペンションに戻ると、女主人は友人たちと一緒に客間で紅茶を飲んでいた。彼女らは慈悲深く、ゾンビが入口のペルシャ絨毯を忍び足で歩き、夜の間使うことを許された奥の間に入って行くことにまったく注意を払わなかった。夜明けに、私は部屋代と建物の鍵をピアノの上に置いて出発した。通りに出ると、清掃員たちが水をじゃあじゃあ流しながら掃除をしていた。

すでに包み隠さず言ったことだが、カンタブリア州を横断するのは本当にうんざりした。カミーノのこの区間の思い出を蘇らせようとするのも同じように退屈である。そもそも思い出がほとんど無い。常に優れた鑑定眼を持つ我が記憶は、この単調な海岸地帯を急いで忘却してしまった。私に残っているのは、いくつかの漠然としたばらばらの思い出で、いつのことだったかも定めがたい。

サンタンデールの街を出たところにあるビルヘン・デル・マル（海の聖処女）と呼ばれる教会のことはかなりはっきりと覚えている。延々と続く、見所の無い郊外を抜けながら、何度もこの教会への途を通行人に執拗に尋ねたのだった。

目的の場所が道から外れていただけではない。質問した相手の怪訝《けげん》な視線から、かつて崇敬の場所であったこの海辺の教会が、今日、地元民の日常的関心から遠く隔たっているということを私は理解した。ビルヘン・デル・マルがどこにあるかまだ知っている人々からは、バスで行くよう勧められた。どうしても歩いて行きたいという意図を理解してもらうため、これからまだ六百キロも歩く必要があるので、どんなに遠くても遠さは感じないのだと打ち明けた。すると驚きが甚だしい警戒、さらには嫌悪の表情に取って代わる様子は、病院から抜け出てきた精神病患者に相対しているかのようだった。サンタンデールの郊外やいくつかの場所において、中世を連想させる巡礼者は、コメディ映画でタイムスリップして現代に現れ、鎖帷子《かたびら》を着て自動車の間をうろつく騎士に似ている。

ビルヘン・デル・マルの先、カンタブリアについての思い出はすべてぼんやりしている。いくつかのエピソードは浮かび上がってくるが、脈絡が無い。この海岸沿いの紐上に並べられたビーズは私にとって順番が入れ替え可能なのである。記憶の意図するままに呼び起こしてみるが、順序が異なっているかもしれない。

カミーノのこの部分を思い起こすとまず浮かび上がってくるイメージは道路の端である。バスク州では森の中、荒れ地、畑の真ん中を巡礼者に歩かせる。カンタブリアは高速道路、交差点、鉄道の線路を浴びせかける。確かに不当なことだが、歩く距離を正確に計ってみると私の印象が間違っているのかもしれない。しかし私にとってカンタブリアはアスファルトの国であることに変わりはない。

歩行者のためを思って作られた道がないため、巡礼者は道路上で人間以下の存在になってしまう。現代の道はエンジンとタイヤのために作られている。人間の脚と靴底は歓迎されない。自動車道路に沿っているという事実から、カミーノの道筋が歴史に合致していないのではないかという印象を与える。ところが事実はその逆で、ガイドブックもその点を必ず強調している。カンタブリアのカミーノは、中世の巡礼路を正確になぞっているのだ。問題は、その道が今日では自動車道路で覆われているということである。巡礼者が辿るカミーノは確かに本物なのだが、その正体は見えない。夢想に耽る余地は与えてくれない。所々、与えてくれるのは悪夢ですらある。例えばモグロの近くでは、化学工場に繋がる巨大な金属パイプに沿って道が続く。何キロにもわたって、巡礼者は直線の管を同行者とするのであり、世界の終末を思わせる風景である。巡礼路の印は三百メートルごとにパイプに描かれているが、それは進行方向を示すというより――方向は一つしか無い――歩く人に幻覚を見ているわけではないと安心させるためにある。

さらにこの神聖なるコンポステーラの黄色い矢印を眺めるのに飽きたら、白いペンキで描かれた予言が所々で注意を喚起してくれる。「イエスが救い賜う！」という言葉が大きな文字でパイプに書かれているのだ。キリストの加護を祈る言葉は、ここでは巡礼者の希望をすべて奪い去る質《たち》のものだ。キリストが巡礼者を救ってくれる方法があるとすれば、地平線まで続く鬱陶しいセメントの管を遠ざけてくれることだけだろう。

巡礼者の意欲喪失にとどめを刺してくれるのが、カンタブリアのもう一つの名物、分譲地の空き家がパイプに沿って拡がっていることである。スペインの不動産ブームは凄まじい建築ラッシュを伴い、特に沿岸地域に襲いかかった。車庫付きの３ＤＫ住宅が多種多様な設計で建てられた。開発計画が至るところで立案され、その基礎となるメゾネットタイプの住宅設計も独特であった。出来上がった産物もそれなりにユニークで、スペイン人建築家の才能を証明してはいた。ただ残念なことにこうした狭い建て売り住宅の集合体には都市計画というものがなかった。平地か、古い村の近くに据えられた一戸建ての集合は、周囲と調和していない。丘の上に古くからある美しい小さな村が、中腹で古来の町よりも広い近代的分譲地に続いている光景をいくつも見た。こうした新たな建築物が続々と誕生するのは、それなりに好ましいはずである――もしそこに住民が伴えば、だ。不幸なことにこうした住居群の大半は空っぽである。すべては計画通りだったが、そこに住むべき人の存在だけは別だった。バルコニーは「売家」の貼り紙で花盛りである。雨戸は閉まっている。所々に人の住んでいる家があって、芝生には玩具、窓には洗濯物が干してあるが、却って全体の荒廃ぶりを強調している。

ようやくのことでパイプライン地帯を抜けると、今度は化学工場である。しかし、気分としてはむしろ晴れやかになる。少なくとも人間の姿が見える。トラックが走っている。煙突からは刺激臭のする煙が上がり、きっと有毒なのだろうと想像する。快適ではない。もっと好ましい光景があるはずだ。しかし、命を住まわせるための地区が、死の沈黙に覆われている悲惨さに比べれば、どんなものでもましである。

汚された名所たち

カンタブリア沿岸地方を観光で訪れたことのある人は、私の否定的な紹介に反発を覚えたかもしれない。きっと「サンティジャーナ・デル・マルがある！　コミージャスがある！　コロンブレスがある！」と反論したくなるであろう。どれも歴史がたっぷりと詰まった場所で、建築の至宝と見なすべき村ばかりである。

それらの場所が美しいことは認める。けれども、本書のように徒歩巡礼者の見方に立つと、工業地帯の風景の単調さを埋め合わせてくれるとはとても言えない。多分訪れた時期が悪かった。冬の最中でどんよりとした雲に覆われていれば、時を越えた詩情を醸し出してくれただろう。しかし残念ながら六月、暑い日差しの下で、これらの歴史地区はツーリストの大群に押しつぶされていた。周辺には観光バスが停まり、世界中から来た観光客を吐き出している。路地には大声でがなり立てるガイドが、折りたたんだ傘をかざして見物客を引き連れている。パン屋や食料品店を見つけるのには苦労するが、土産物屋の露店が古い石畳の道にひしめき合い、安物をぶら下げたおぞましい陳列ケースを並べている。広場はプラスチックの椅子と、コカコーラ神に捧げられたパラソルに占領されている。八ユーロの定食と〈ボカディージョ〉〔サンドイッチ〕が大きな看板で客を引き寄せている。

孤独に浸りきっている巡礼者は、この雑踏に目眩を覚える。巡礼路でほとんど誰にも出会わなかったのに、この裏道には帆立貝やカミーノの装備品をじゃらじゃら身に着けた人々が大量発生している。確かに本物の徒歩巡礼者たちも何人かはいる。しかしその他の大半は革製か布製のカジュアルシューズを履いている。そのお上品さ、清潔さ、初々しさはカミーノの疲労とはほとんど相容れない。観光バスに戻って行くのを見れば、彼らがバス巡礼の一行であることが分かる。ツアー業者が彼らにコンポステーラを販売し、所々の「興味深い」スポットに短時間停車しつつコンポステーラまで連れて行くのである。

徒歩巡礼者がこうした営みに腹を立てるのは不当なことだ。いずれにせよこうしたツアーのおかげで、時間的にも年齢的にも千キロ歩くことなどできない人たちの巡礼が可能になっているのだから。だが、価値判断を別にしても、こうした群衆の存在は、名所旧跡を静かに眺めたい人間にとっては確かに邪魔になる。カンタブリアで徒歩巡礼者はジレンマの只中に投げ込まれる。沈黙と孤独を存分に味わえることもあるが、それは魅力の無い景色の中を、単調な道に沿って歩くときである。あるときは素晴らしい建築が目の前にあるが、眼をビデオカメラに、脚をバスに取り替えたやかましい人間たちに呑み込まれてほとんど眺めることができない。

私は逃げ出した。サンティジャーナ・デル・マル――ジャン＝ポール・サルトルによれば「ヨーロッパで最も美しい村」（ところで彼はここで何をしていたのだろう）――は私を十分間だけ引き止めた。レストランの中庭でオレンジジュースを飲んだ時間だ。ウェイトレスに問いかけてみたが、みな村の事情には疎かった。彼女らは全員他所からやって来て、夏のシーズンだけ雇われているのである。すでに観光客とバス巡礼者でぎっしりの空間は、医者の学会が開かれているおかげでさらに群衆とバスがひしめき合っていた。

美しい家々を後にしたが、私は特に惜しいとは感じなかった。それはもう私の眼には現実というよりも、単なる芝居の書割りになってしまっていたのである。マス・ツーリズムという名の現代の悲劇の書割りに。

巡礼路の沈黙の中に戻ると、私は遭難から生還した気分になった。おまけに、サンティジャーナから先の風景は、穏やかな美に溢れていた。丘の頂上にある人気《ひとけ》のないエルミタ〔礼拝堂〕が、村の群衆を見た後では良い目の保養になった。古《いにしえ》の隠者たちももしかすると、先ほど私に雑踏を逃避させることになった問題をすでに抱えていたのかもしれない。この世を逃れるためにこの世を渡り、誰もいないところで他人と出会いたいという渇望の中に、カミーノの精神は確かにある。アルフォンス・アレー〔フランスの作家。一八五四―一九〇五〕はこう書いている。「人間は人里離れた場所で寄り集まることを好む……」

コミージャスの混雑ぶりはサンティジャーナよりは少しましだった。しかしガウディの奇想〔エル・カプリチョ〕が多くの観光客を惹きつけていて、ポンティフィシア大学のネオゴシック様式の建物に沿った広大な芝生で横になるまで、私は平安を見出せなかった。

コロンブレスはと言うと、南アメリカで一旗揚げて帰ってきたスペイン人たちが、豪華な邸宅を建てた地域の中心地である。私が着いたときは大雨だった。インディオ博物館は南洋から戻ってきた放蕩息子たちが建てた建物の一つだが、その入口の屋根の下で雨宿りをした。土砂降りのせいで観光客も住民も見当たらず、あたりは古めかしい魅力を少し取り戻していた。

この町は巡礼の世界そのものではなく、その延長に関わる冒険の証し、すなわち移民たちがコンポステーラよりもっとずっと西、アメリカ大陸まで辿った道と関係していた。それは別の感性、別の物語であって、当時の私には訴えかけるものがなかった。このがらんどうの建物群は、カミーノの巡礼者たちがあちこちに建てた中世の作品よりも、当地の町や村を醜くしている荒れ果てた分譲地に近いものを感じさせたのである。何の感慨もなくコロンブレスを後にしたが、再び国道に出てしまったことだけが残念であった。雨は強く降り続け、私はモーテルに避難した。夜中、水しぶきを上げて走るトラックの音が子守歌の役を果たしてくれた。人は手持ちのもので我慢しなければならない。

ひどい経験にこりごりして、歴史のある町でもあまり知られていない、訪れる人も少ない所の方が幸福感を得られると思い始めていたところ、雨の午後が暮れかかる頃、私は再び顔を出した太陽と共にそんな町にたどり着いた。

サン・ビセンテ・デ・ラ・バルケラは河口にある。巡礼者は自動車道路の長い橋を渡るとき、遠くから街が眼に入ってくる。港のあたりは釣り人や海水浴客のためのホテルが立ちならび、ほとんど魅力がない。まだシーズンオフであった。

迷い込んだ何人かの観光客が商店街のアーケードの下をうろついている。彼らがやっと買うことができたのは巨大なアイスクリームで、歩きながらなめている。皆が嬉しそうにしているのを信用して私も買って食べたが、確かにがっかりしなかった。フランボワーズとカシスのアイスが載ったコーンを手に、私は下町を離れて砦まで続く小道を登って行った。そこはうっとりするような場所だった。きれいに修復してあるが、凝り過ぎてはいない。静かだが、さびれてはいない。中世の記憶をたっぷり留めながら、人間が住み、息づいている。ここまでで絶望していた巡礼者にとって、サン・ビセンテは御馳走である。カミーノのインチキ歴史地区は毛嫌いする巡礼者でも、ここでは懐古趣味に浸りきることになる。現代の巡礼者は、何世紀にもわたって同じ道筋を通った何百万人の巡礼者たちの足跡を自分も辿っているのだと、感じてみたいのだ。そのため、そうした機会が与えられると——サン・ビセンテはその期待に応えてくれる——巡礼者は誰でも、自分の周りで石が共鳴するのを感じたいと思う。そして空想の赴くまま、時代が混乱して、『薔薇の名前』の世界に戻ったような気がすることに比類なき歓びを感じる。カンタブリアの道筋に点在する壊死したような街と違って、サン・ビセンテの砦は生きた場所であり、現在という時間が永遠の時間に変容しているのである。手に持ったアイスを食べ終わった後も、私は長い間この素晴らしい街の魅力に取り憑かれて歩き回った。時間も遅くなりかけていた。私の心の中に語りかけてくるこの壁たちの間で、一夜を過ごす場所を探そうと決めた。

導師《グル》の巣窟で

そのとき、元市庁舎近くの建物の中に、私営のアルベルゲがあるのに気付いた。入口は通りに面しておらず、道から降りた下の方にあった。地下にある車庫の扉から中に入る必要があった。靴箱にきれいに並べられたウォーキング・シューズのコレクションが、ここは確かに〈クサイアシ王国〉の領土であることを示していたが、すでに自分もその国の民、それも立派な国民になっていたのである。展示された種々雑多な靴のコレクションに、ゲルニカ以来の私の忠実な同行者を加えてから、中に入った。

かなり広い最初の部屋には、細長い巨大なテーブルが一つだけ置かれていた。壁には無数の葉書、写真、新聞記事が貼られていて、「日灼け」とは言わぬまでも——この地下に日は一切差さない——、少なくとも周囲の酸素——とは言っても希薄な——に長い間曝されていたことを示している。

厨房の開いた扉から、不味そうな料理のひどい臭いが漂ってくる。オスピタレーロが現れるまで、立って待っていると、二、三人の巡礼者が部屋を横切った。国は様々だが、主にドイツ人である。我がゲルマンの同類たちは、私に向かって愛想良く挨拶をし、仲間意識を示そうというのか、悪臭漂うあたりの空気をこれ見よがしに吸い込んで、食欲を示す「うーん」という声を発した。彼らの寛大ぶりに呆れると共に、目下料理されているものが、車庫の入口に繋がれた犬のためでなく、間違いなく巡礼者に供されるものであることを私は理解した。

そのとき、魔法使いの巣窟から若い男が出て、私の方に向かって来た。最初に発した言葉は「五ユーロとクレデンシャル」だった。五ユーロは宿泊料である。馬鹿にしたような様子で私がリュックを探るのを眺めている。彼の態度は、『マンディンゴ』というアメリカの恐ろしい力作の主人公を思い起こさせた。その小説には南部で人間牧場を経営する父と子が登場する。飼っているのは奴隷たちで、太らせて子供を産ませ、農園主に売りさばくのである。息子は若いが、人間を動物のように扱うのに慣れていて、鎖で繋ぎ、鞭で打つときもまったく感情を動かさない。私は一瞬たじろいだ。この若き牢番は私の歯並びを調べるのではないかと……

金を受け取ると、若者は暗い廊下を案内して扉を開けた。かつて車庫かワイン貯蔵庫だったに違いない場所に、二段ベッドが並んでいる。ベッドとベッドの間隔が余りに狭いので、ほとんど移動もできない。シャツ姿のオランダ人と韓国人たちを手荒く押しのけて、若主人は一つのベッドを指差した。そして踵を返し、私を置き去りにした。

薄暗い灯りといい、パイプが縦横に走る低い天井といい、壁の黄ばんだ漆喰といい、ボスニア紛争中のサラエボの郵便局ビルを思い起こさずにはいられなかった。青いヘルメットの国連多国籍軍が陣取ったその建物は、仮のパーティションで仕切られ、簡易ベッドと野戦用のシャワー、兵隊の糧食が支配する世界だった。それでも正直に言って、国連軍の方がここよりはまだましな環境にいたと思う。

私にあてがわれたマットレスにリュックを置く。それは小さな揺りかごの形となり、弱々しいスプリングの底が私の体を載せるとどれだけ撓《たわ》むか、想像させるに余りあった。下の段には自転車巡礼者が陣取り、ベッドの端に腰を掛けて、さしあたり足の胼胝《たこ》にクリームをつけて揉むのに余念がない。自転車乗りの足と、彼がそこに塗り込んでいる茶色の軟膏と、どちらの臭いが強烈か、判定は難しかった。

男は私に向かって「ブエン・カミーノ」と挨拶したが、ちょっと場違いだった。というのも、当座私に残された道のりは、ベッド上段のマットレスに登ることだけだったからである。ある種の鼻にかかった音の響きから、私は二つの仮説を立てた。一つは彼がドイツ人であることで、これは私にとってどうでも良かった。もう一つ、こちらは重大事で、彼が巨大な〈国境なきイビキ団〉の団員であるということである。

このアルベルゲでの滞在をせめて有効に活用しようと思って私はシャワーを浴びることにした。シャワー室は建物の反対の隅、同じように薄暗い目立たぬ場所にあった。巡礼者たちが水を無駄遣いしないように、蛇口は押しボタンに取り替えられている。金属製のボタンを思い切り押すと——石鹸で泡だらけの手では不可能な行為だ——生ぬるい湯がどっと出て、すぐに止まる。私はこれほど精巧な実験装置は見たことがなかった。それは人間を人工的に肺炎に罹患させる装置である。幸いなことに、拘留数分間にして、私はすでにあらゆる囚人が身に着ける反抗的精神を発揮し、斜めに切った綿棒を用いてこのボタンを戻らないようにするシステムを開発した。いかなる運命からか、皆さんがこのような極限状況に置かれることがあったら、念のためにこの秘訣をお教えしても良い。

体を洗い、髭を剃り、歯も磨いて、脱走を企てる元気が出てきた。

私は服を再び着て、クレデンシャルを取り戻しに広間に戻った。この手帳にはすでに貴重なスタンプがたくさん押してあって、自慢の品になっている。カミーノを進むに連れて、この貴重な書類を育て上げることは、それ自体が目的になりかけていた。逃走に際して見捨てていくことは考えられない。広間は脱出してきた細長い寝室に比べて明るく、広々としていた。大テーブルの端に、目つきが鋭い、厳めしそうな中年の男が鎮座していた。私を迎えてくれた――「迎えてくれた」という以外の言葉を使いたいが思い付かない――若者の父親であると思った。その物腰から、彼はこの領土の君主であることを明確に示していた。ここに立ち入る者は靴と共に自らの意志をも預けるのであって、導師《グル》の御意のままにならねばならぬ。彼はいくつかの言語で私に問いかけた――私のクレデンシャルを手にしているのだからフランス人であることは承知しているはずなのだが。これはアレクサンダー大王のように、自分の帝国が地の果てまで拡がっているということ、一言で言えば、どれだけ自分の経験が豊富かを示すためだということが分かった。

「パリジャンかね」と、ようやくの質問。

明白な事実なので認めるしかなかった。私の住所はクレデンシャルに大きく書いてある。

「私も昔住んだことがある。パッシーに」と、私から目を離さずに言う。

「良いところですね」と私は間の抜けた答えをした。

「金持ちの街だ。だが私は違った。屋根裏部屋に住んだ」

私は平静を保とうと「さぞかし眺めが良かったでしょう」と答えようとしたが、エレベーターの無い七階についての考察は押し殺した。何となく皮肉と取られるような気がしたからである。

「あなたも良いところにお住みだな」と最高権力者は続けた。「だが屋根裏部屋ではなかろう」

私はじりじりして体を左右に揺らし始めた。恐れていた以上に状況は危機的である。この場のボスは、巡礼者間で習慣になっている遠慮を明らかに持ち合わせていなかった。彼はすべて洗いざらい知りたがり、この尋問が続けば、私は許しがたい過ちを告白する羽目になりそうだった。医者とか、作家とかいう単語がどういう効果を与えるかを想像した。私は祖父が一九四三年、強制収容所に到着したときのことを考えていた。看守の印象を良くすることは、祖父にとって生きるか死ぬかの問題だった。この比較に思いを致したとき、私は我に返った。二つの状況はあまりに隔たっていた。祖父は囚人であり、しかも戦争中のことだった。私の知る限り自分はまだ自由であり、サラエボと違って、サン・ビセンテ・デ・ラ・バルケラは爆撃を受けていない。急に自尊心が頭をもたげてきて、動揺が収まった。

「クレデンシャルを返してもらいたいんですが」

男は口答えされることに慣れていないなかった。どうやら宿泊客たちは彼の押しつけるルールに従うだけでなく、そのことにある種の喜びを感じているようだった。パリのビストロの中には、横柄で柄の悪い主人がいるところがあるが、普段は権威を笠に着て命令することに慣れている男たちが、昼食時にそうした主人から手ひどく扱われてマゾヒスティックな喜びに耽る例を私は知っている。食事中に精神的に鞭打たれることで、却って元気になり、午後自分の部下たちをいじめる新たなエネルギーを貰うらしい。多分、私は人の言いなりになるのも、人に命令するのも好きではないので、こうした種類の歓びとは無縁だということを、この地下の導師《グル》は見抜いたようだ。

彼は引き延ばし作戦に出た。

「まあそんなに急がずに」と、クレデンシャルの束が載った帳簿の方を顎で示しながら言った。「記録を取ったら返すから」

私を引き留めようとするこの哀れな企ては不首尾に終わる運命にあり、彼はそのことを承知していた。この後は二人とも、悶着を避ける振る舞いのルールに従った。私は共同寝室に行ってリュックを取り戻した。広間を横切るとき、少しの間主人は席を外しており、玉座は空だった。一瞬にして、私は他のクレデンシャルと一緒に置かれていた自分のクレデンシャルを掴み、靴置き場の方に向かう。靴紐を大急ぎで締め、あっという間に外に出ていた。深呼吸をしてから、砦の露台まで登った。開けた空気と石の古城のおかげで、窒息するような汚れた閉鎖空間が存在したことすらけろりと忘れられた。私が逃げ出したことには十分正当な理由があったと思う。ただ、このアルベルゲに下した性急な判断が必ずしも正しかったというわけではない。後に出会った巡礼者で、ここが最高の宿の一つだと明かしてくれた人たちもいる。私が導師《グル》だと思った主人は、実は元気いっぱいで、客全員に歌を歌わせて夜遅くまで楽しませてくれたらしい。私は多分何かを手に入れ損なったのだろう。しかし、私にとっては本質的なものを守ったつもりでいる。この歴史ある場所のノスタルジックな詩情には、民俗音楽の合唱よりも孤独の方がふさわしい。

けれども、私の逃走が何の罰も受けなかったとは言えない。快適なホテルには泊まらないことにしていたし、ペンション（出版社のようなガリマールという名前だった）には誘惑されずに通り過ぎたので、宿が見つからなかったのだ。日が暮れてきた。もうどこでもいいからテントを立てようと決めたが、ここはまだカンタブリア州であり、そのどこでもいい場所として、高速道路の上の草が生えた斜面しか、使える空間はなかった。

私はコンロを取り出し、小さな火で大して旨くない料理を作った。そうして大型トラックの騒音にあやされて、薄いテントの下で眠りについたのである。

海岸との別れ

カンタブリアで一番の思い出は、道に迷ったときのことだ。ある雨の日、分かれ道で方向を間違え、深い山の中に迷い込んでしまった。本来の道であれば平野を自動車道路に沿って歩くはずなのに、雨に濡れた密生した藪の中、急な坂道をよじ登る羽目になった。登り切ったところでトウヒとユーカリの植えられた細長い頂上に出た。時々風が吹くと靄《もや》が晴れ、遙か下方に丘の斜面が見える。道路はもはや、緑の野を彼方まで音も無く――ここまで上って来てようやく、だ――うねる美しい黒蛇となっている。反対の内陸側では、雲の切れ間から、黒い高山が時々顔を出す。突風と突風の合間に、素晴らしいピコス・デ・エウロパの連山が思いのほか近くに顔を出す。おかげで私は、いつか発見したいと思っていたもう一つのカンタブリア、カミーノが無情にも見せてくれなかったカンブリアを垣間見ることとなったのである。貝殻のマークを探すこともなく、トラックの音も、荒れ果てた分譲地もない大自然の中に迷い込むという幸福を、この日の朝、私は知った。山を越え谷を越えて自分で行き先を定めるときは全体的視野を持つことが大事だが、私は山の民のように急にその感覚を取り戻し、カミーノが私の首に付けた縄を外せたことが誇らしくなった。森の中を長い間下って、眠り込んだような小さな村に出た。活気があったのはカフェ兼タバコ屋兼食料品店だけで、私はそこで服を乾かし、ボリュームたっぷりのサンドイッチをほおばった。

黒ずくめの服装をし、銀髪を束ねて顔に皺の寄った女性客が、フランス人か、と尋ねてきた。フランス語は完璧で、発音にパリ人の揶揄するような調子と、スペイン語の荒々しさが混じり合っていた。パリのバティニョル界隈が懐かしいのだと言う。そこで暮らした三十年の間、山の麓の故郷を夢見ない日は無かった。そして、この場所に戻ってきてからは、メトロやクリシー広場やオーヴェルニュ料理のビストロが、毎晩夢に出て来るようになった。

彼女は私のそばでパリの空気を吸い込み、旧知の界隈が変わったかどうか、私に尋ねた。私は中世の巡礼者たちが様々な風聞を持ち歩き、世界と世界とを繋ぐ役割をしていたのを思い出した。

それから、丸いパンと赤ワインの瓶で膨らんだ買い物籠を掴むと、我がカンタブリアのパリジェンヌは、嵐の中を立ち去っていった。私から引き出したノスタルジーのかけらをいくつか胸に抱きしめながら。

＊

アストゥリアス州に近づくにつれて、海岸はどんどん切り立っていった。嵐の中で、黒い岩と波しぶきの上に張り出した鮮やかな緑の草原は、ときにスコットランドの風景を思い起こさせた。私がもうすぐ離れていくことを知った海が、良い思い出を持って帰れるように、魅力のすべてをひけらかしているかのようであった。波も無く単調なときにはほとんど注意を払わなかった海を、私は感動と共に眺め、あえて海岸近くで野宿するほど、その存在をいとおしむようになった。眼下を波しぶきに囲まれ、頭上に嵐を抱きながら、強風が吹きすさぶ岬の上で寝た幾夜かは、旅の中でも最高の部類に入る。金色に輝く靄で包まれた黄昏、新生児の唇のような菫《すみれ》色の夜明けを味わうことができた。相変わらず浅い眠りの中で、遠くの農場から聞こえる犬の鳴き声、すぐ近くで太古から陸地に対して休みなく陰謀を仕掛ける波濤の囁きが混じり合った。

海沿いを歩く最後の何日間か、野性的な海岸の魅力に取り憑かれていた私は、町からなるべく早く海岸に出たいと思い続けた。町にも魅力はあるはずなのだが、無視して通り抜けた。保養地風の建築、名物レストラン、魚の缶詰工場、趣のあるシードル醸造所などはもう十分に堪能した。クレデンシャルにスタンプを押して貰い、十ユーロの日替わりコースか、時には八ユーロか七ユーロの格安定食を呑み込み終わると、再び貝殻のマークを辿って海岸に出た。私と海との関係は常に奇妙なものがあった。セネガルにいた頃は、毎朝窓の下の、のっぺりとした一面の青い海に、丸木舟の航跡だけが走る風景にうんざりしていた。しかし今日になって思い返してみると、雨期の風景が頭に浮かぶ。大西洋からの雨粒が吹き付けるゴレ島、風の力強い指でつけられた海の皺と細かな泡の縁取り。そうした光景に対する懐旧の念は何ものによっても消せない。

カンタブリアでも、私は海に対して同じような拒絶と執着の交代を経験した。面白みの無い、あえて言えば会話の無い海とずっと一緒にいることは耐えがたく、苛々した。その後、海と別れる時点になると、離れ離れになりたくないと思うほど執着していて、それはカミーノが海から遠ざかる前から始まっていた。海と共にいた最後の何夜かは、歓びと苦痛が入り交じっていた。ここで打ち明けてしまえば、このパラドクスは私の人生全体につきまとっている。物事や人間の味わいは、それらと別れるときになって初めて実感できる、というのはおそらく私だけではあるまい。しかし私は他の人以上に、悪しき趣味を押し進めて、最も大事にしているものの価値を知るために、あえて遠ざけるという行動まで取ってしまう。得るものも大きいかもしれないが、それ以上に失うものの多い、危険な遊びだ。

カンタブリアを離れる前に、最後の危険と立ち向かわなくてはならなかった。緑の中を歩く行程で、カミーノは芝に覆われた地帯を通る。丁寧に手入れされていて、初めは自然が与えてくれた思いがけない贈り物かと思う。だがすぐに、この自然は「自然でない」ことに気づく。道がゴルフ場を横切っているのだ。カートを引きずりながら、ゴルファーが歩き回っている。巡礼者の心に疑念が浮かぶと、やがて看板が曖昧さを吹き払ってくれる。「ゴルフボールに注意」——自分がフェアウェイのど真ん中を、無防備で歩いていることに気づくのである。巡礼者に対する地元民の歓迎の仕方から考えて、侵入者を一人、一撃で見事に打ち倒して、自分のハンデを上げようと思うゴルファーがいるのではないかと、考える。コースから出てやっと心の平静を取り戻したが、全速力で駆け抜けてもたっぷり十五分はかかった。

　とうとう別れの時が来た。カミーノが決定的に海岸を離れ、内陸深くに入っていく時だ。そのクライマックスはラ・イスラの村にほど近いところにあったが、この村にはめぼしい記憶がない。海からは少しずつ遠ざかっていった。長い間、断崖の端、いくつかの入り江、水平線を眺めることができた。そして、ついに終わった。周りは田園である。アストゥリアス州に入った。

カンタブリア――つましさの学校

　ここまでの道のりで、私は申し分のない巡礼者となっていた。それはいくつかの外見上のしるしと、とりわけ新たな精神状態によって顕わになる。徒歩巡礼者の汚さについてはすでに指摘した。それは回避できないものではなく、絶対的なものでもない。筋金入りの巡礼者にはアルベルゲで利用できるシャワーを丹念に浴びている人たちもいる。着替えはわずかしかもっていないから、毎日洗濯する必要があるが、宿泊所に着くなり済ませてしまう。しかし宿の近辺で干してある衣類を見ると、衛生観念は人それぞれであって、完璧主義者はめったにいないことが分かる。Tシャツはたいていの場合、毎日洗濯される。それは巡礼者たちの陣地の入り口に最も多く翩翻《へんぽん》とする軍旗である。その次が靴下になる。それ以外の衣類は洗濯紐に吊るされる頻度が少なくなり、毎日何を洗わずに着続けているか、簡単に想像できる。

　身繕いに最も気を遣わないのは当然、単独行動の巡礼者である。私がいかに素早く完璧な浮浪者と化したかはすでに強調した。カンタブリアを横断する間に、私は完全にずぼら状態に落ち着くことになった。もじゃもじゃの髭、染みのついたズボン、汗で煮染めたようなシャツ――垢が鎧のように身を守ってくれる歓びも感じて、すっかりリラックスした気分だった。家も車も見えない世界に放り出されるとき、自分の周りに無限に広がる景色を体で感じるとき、どちらを見ても視線を遮るものがまったくないとき、前にも後ろにも道が見渡す限り続いているとき、おそらく人は自分自身の匂いに包まれて歩くことに安堵するのだろう。自分に残された富はその匂いだけだと感じられる。巡礼者同士が出会うと、無意識に距離を取る。近づくと相手の体臭から、自分も失礼になるかもしれないと察知するのである。二歩前に進むと、相手のテリトリーに入ってしまう。

バスクの自然美を味わった後、カンタブリアの区間には別の長所がある。完成途上の巡礼者に対して、謙虚さを身につける補講を行ってくれるということだ。初めのうちは、カミーノが人の目を楽しませるためにあって、自分に奉仕してくれていると、あやうく信じそうになる。だがその後アスファルトが何十キロも続くと、頑《かたく》なな部分がほぐれてくる。巡礼者は歩くためにそこにいるのであり、そのことが気に入るか気に入らないか、風景を満喫するかしないかは関係がない。セメントのパイプラインと工場、寂れきった分譲地、自動車道路の路肩、ロータリー式の交差点、郊外の工業地帯は、ツーリスト的要求をかなぐり捨てて、真の巡礼者になるために必要なものなのだ。こうした試練に横っ面を張られて、巡礼者はまずダウン寸前になる。その後、彼は運命に順応する。このときにカミーノの新たな段階が始まるのである。カミーノはもはや熱情ではなく、習慣と規律を要求する。巡礼者はカミーノの言いなりになる。それは当初から、知らず知らずのうちに行ったことであったが、今度は不平を言わずに進んで行うのである。自らの主《あるじ》を見つけたのだ。毎朝、作業員が作業服を着るように靴を履く。足は靴底にぴったりと合い、筋肉の緊張は解け、疲労は手なずけられ、定められた距離を歩けば消えていく。石工が石を扱い、水夫が海に出、パン屋がバゲットを焼くように、巡礼者は巡礼する。しかし、こうした職業では給料が支払われるのに対し、巡礼者は一切の報酬が期待できない。彼は徒刑場にいる徒刑囚であり、井戸の周りをぐるぐる回るラバである。しかしながら、人間というものはパラドクスで出来上がっていて、孤独になるとそのパラドクスをよく観察できる。ジャケは、この隷従の奥底に、今まで感じたことのない自由を見出して我を忘れるのである。

徒刑囚は、鎖を一瞬外されると歓喜する。ラバはまっすぐな道を歩かせてもらえると大喜びする。同様に、最悪の状況を強いられた巡礼者は、ごくささいな慰めに喜びを見出す。自動車道路沿いのぬかるみを歩いて、体の芯までずぶ濡れになったとき、日が差して乾かしてくれると巡礼者は天にも昇る心地になる。ガソリンスタンドの傍のおぞましいビストロに立ち寄ると、奇跡的にハムは美味で、パンはふんわりと柔らかく、うっとりとした気分になる。真昼の太陽を遮ってくれる木陰を見つけ、背後の農場でギャンギャン吠え立てる犬からはしっかりとした柵で守られている。幸せな気分で目を閉じる。カンタブリアは巡礼者につましさの何たるかを教えてくれ、五感のすべてを用いて過酷な現実の表面にそよぐ幸福の風と、思いがけぬ善意の花を発見するよう強いるのである。

ある日のこと、いつ終わるとも知れぬまっすぐな道を暑さにぐったりしながら歩いた後、スタンプを求めて村役場に入った。成熟した巡礼者たる者、自分の腹を満たす前に、まずはクレデンシャルに糧を与えるべきことをわきまえているのである。

　役場の中はがらんとしていて、書類が山と積まれていた。リュックを背負ったまま廊下を進みながら、だんだん場違いな気がしてきた。すると、ばったり女性職員に行き当たった。女性は当惑している。巡礼者がここに立ち寄ることはまったくないのだと言う。巡礼者用のスタンプも無い。私は謝罪をし、立ち去ろうとする。ところが「ちょっと待って」と声をかけられた。彼女は一つの部屋を引っかき回し、また別の部屋に入った。とうとう、何かのスタンプを見つける。今度はスタンプ台を見つけるための同じ行動。彼女は消えてしまう。私はその場に突っ立っていた。書類の山が私を厳しい目で見つめ、美しい役場を不潔な足と、汗で体に貼り付いたTシャツで汚したことに無言の非難をしている。やっとのことで女性が戻ってくる。スタンプを押したクレデンシャルを私に返し、もう一方の手で村の紋章付きの小さなキーホルダーを渡してくれる。戦争の後、捕虜となった人たちが故郷に戻ってきたときも、人は同じ行動を取ったのだろうと想像する。私たちはジェラール・ウーリーの映画の登場人物であるかのような気がして、私は『大進撃』のブールヴィルと同じ顔で微笑もうとする。この出会いには優しさと同時に力強さがあった。一瞬、この女神にキスをしたいという気持ちが湧き上がった。同じ考えが彼女の頭をよぎったということもあり得なくはない。白昼、自分の人生を横切る風来坊が、いかに汚くとも、そして――ことによると――正に汚いからこそ、村役場で働く女性の後ろめたい欲望を引き起こすこともある。しかし、私は突然、己が脱獄した徒刑囚に過ぎぬことを思い出した。カミーノが私の肩を掴み、自分の方に引き寄せた。

私はリュックのリングにキーホルダーを吊るした。それは今でも同じところにぶら下がっている。

カミーノの蒸留器の中で

しかし、巡礼者の肉体的変化は、精神的変身に比べれば何ものでもない。それはアストゥリアス州に入ったころにはだいぶ進んでいるが、まだ完成にはほど遠い。巡礼者はすでに数百時間の孤独を経験している。まだかろうじて予感しただけであるにしても、大いなる秘密に向かって進んでいる。

この緩やかなプロセスをどう要約すればいいだろうか。およそ肉体的試練から生じる精神的変化がすべてそうであるように、一部は表現することが不可能である。それがイニシエーションというものの大原則である。しかしながら、こうした進化の中にいくつかの重要な段階を見出すことができる。

カミーノの出発に際して、考えることは山ほどある。これまでの手がかりすべての喪失、とても近づけるとは思えないほど遙か彼方の目的地への前進、周囲の広大無辺な自然によって与えられる寄る辺なさの感覚、こうしたものすべてが、特別の内省を行うために有利に働くが、それは外気に触れることによってしか生まれない。徒歩巡礼者は自分自身とだけ向き合っている。自分になじみのある存在は自らの思考だけである。思考のおかげで対話を新たに作り出し、傍にいても邪魔にならない記憶を呼び覚ますことが可能になる。巡礼者はまるで旧知の相手に出会ったかのように、自分自身を再発見して興奮する。未知なるもの、他所なるもの、空虚、緩慢、単調、終わりの無さに投げ込まれて、思考が思考の内部に身を寄せるのを許す。諸々の記憶、計画、思念がすべて刺激的で美しくなる。思わず一人笑いをしている自分に気付く。奇妙な表情が顔に浮かぶが、それは誰に宛てられたものでもない。同行するのは並木や電信柱だけなのだから。よく知られているように、歩行は思考に対して車のクランクシャフトのような役割をする。上下運動を推進力に変え、その見返りにエネルギーを受け取る。人は夢想のペースで前に進むのであり、夢想がフル回転すれば、ほとんど駆け足の状態になる。最初の数区間かを、私は驚くべき速さで踏破したことを思い出す。何か偉業を成し遂げようなどというつもりは毛頭無かったが、よく耳にする表現の言う通り「楽しくて背中に羽根が生えた」のである。しかし、この段階は束の間であり、じっくり味わっておく必要がある。高揚した気分は長続きしない。速度が上がると浮き上がるホバークラフトが、港に近づくとゆっくり着水するように、思考は徐々に奥に入り込んでいく。

巡礼者は数時間歩くと、もう一つの存在、つまり身体の存在を意識するようになる。普段は沈黙しているこの道具が、きしみ音を立てるようになる。複雑な機能を作り上げている様々な要素が、次から次へとやかましく現れて集団で要求を始め、最後にはいっせいにうなり声を発する。最初に顔を出すのは消化機能であり、おなじみの武器を用いる——空腹、喉の渇き、ぐるぐると鳴る腹、よじれる腸が、歩行停止を命じる……。次には筋肉が現れる。日頃どんなスポーツをやっていたとしても、良い筋肉が鍛えられていることは決してない。経験が豊富で高をくくってカミーノに近づくスポーツマンは、誰よりも早く全身の痛みに驚くことだろう。通常は目立たないように大人しくしている皮膚は、何らかの原因で腫れたり、こすれたり、ヒリヒリしたり、穴が開いたりするあらゆる場所で、ご主人様に自分のことを思い出させる。こうしたどうでもよい器官、欲求、不快が身体の奥深くから上昇してきて、とうとう主要階を占めるようになる。初めのうち頭の中で陽気に戯れていた様々なイメージや夢想が、これによってストップさせられる。

すると巡礼者は断固たる態度に出る。こうした低次の要求――とはいえ具体的に対応しなければならないのだが――を押し返すために、無理にでも頭を使うことに決める。それは「熟考する」と呼ばれる行為だ。

そこにはすでに努力が必要とされるが、それでも幸せな気分を引き起こしてくれる。頭に何気なく浮かんだものに満足していたのが、今や真面目な問題に順序立てて接近する段階が訪れる。抱えている問題の数は人それぞれだが、微妙なテーマは常に溢れかえっている。延ばし延ばしにしてきた決定、十分に手間暇かけてこなかった企て、とても答えようとする意欲が湧かなかった哲学的な問いかけ。

そのとき新たな集中期間が始まるが、人はその間、自らに命じて思索に努めるのであり、その期間の長さはまちまちである。私個人の場合は長く続かなかった。歩きながら気を散らさずにいることが極めて難しいとすぐに悟ったのである。巡礼路のマークを辿ること、走って来る車を避けること、目の端で犬の動きに注意すること、さらに足の裏からリュックの重みがかかる腰まで、日が照りつける頭からリュックが食い込む肩まで、全身からやってくる諸々の警報が集中力を削ぐ。むろん、少し努力すれば考えは浮かんでは来る。ある程度はっきりと問題が立ち現れ、解決が垣間見えることもある……

しかし、村を横切ったり、水飲み場まで水の補給に行ったり、通行人と話をしたりすれば、すべてが一瞬に消え去ってしまう。ちらっと見えた解決策、答えの出かけていた問題、そしてテーマそのものまで……。動揺した精神の荒野で、治ったと思っていた踵《かかと》のたった一つの肉刺《まめ》がうずく……

このような思考の敗北によって、すぐに本当の鬱状態が訪れる。意味も無く心が騒ぎ、巡礼者は諦めと、絶望的な一念発起との間を揺れ動く。ある朝のこと、書こうと思っている小説のプランを仕上げるために、何としても今日という一日を使おうと決心して歩き出した。その日は人里離れた谷を歩いたが、バスクの中でも最も野性的で最も美しい景色の一つだというガイドブックの言う通りの場所だった。村には家が三軒しか無く、一軒はバルだった。朝の十時。私は中に入った。魅力的な女店員が昼食の準備に店内を片付けていた。彼女はボリュームをいっぱいに上げて曲をかけ、耳をつんざくようなロックが窓の周囲の花崗岩の壁を震わせていた。店の内装はバスク地方の典型的な農家のスタイル。見えるのは古い木の梁《はり》、平打ち銅の食器、ワックスがけをしたテラコッタタイルの床ばかりである。扉からは、隣の教会堂の内陣にある聖母マリアの像が覗ける。音楽があまりに大きいので、この平穏な環境の中に戦争のような雰囲気を作り出している。女店員がヘヴィ・メタルの大音響を使うのも、ある種の武器だとも言える。この娘、彼女の美貌、彼女の夢と、向かい合わせの古い壁、田舎の孤独、宗教的静穏との間に、決死の戦いが行われている。私はカウンターでコーヒーを飲んだが、娘は微笑みながら、オープンから出したケーキを一切れ、サービスしてくれた。多分、私が音を小さくしてくれと頼まなかったことへの感謝なのだろう。ここで行われている戦いにおいて、中立を保つことはできなかった。旗幟《きし》を鮮明にする必要があり、私は彼女の側を選んだ。バルから出ると、頭の中は音楽が鳴り響いており、記憶の中には娘の多少絶望的な笑みが残っていた。突然、楽園のように見えていたこの谷間が別の様相を帯びてきた。完全に地獄と見みなすところまではいかないが、ここから逃げ出したくなる気持ちも分かる気がした。頭の中でこの脱線をした後、道は川の流れを渡る場所に到達した。足を水で濡らしながら、ふと我に返った。ところが呆れたことに、その日の朝立てた計画通り練り上げてきた思考は、跡形も無く消え去っていたのである。さらに悪いことに、それを思い出したいという気持ちももう無くなっていた。

私はその日の行程を、田舎の女店員と同じくらい絶望して――ただし音楽抜きで――終えた。

このとき、悲嘆の底で、巡礼の宗教的次元にすがろうという誘惑が最も高まる。実を言うと、この次元のことはほとんど忘れていた。〈北の道〉では巡礼者もまばらで、全体的雰囲気も非宗教的であり、この問題を持ち出す人も稀だったのである。しかしながら、巡礼開始当初の新鮮な喚起力が涸れてしまい、真面目な問題を自分に課して思考を律しようということにも失敗し、結局のところ空しさが襲ってきて、倦怠と身体の小さなトラブルにめげてしまうと、霊的なものが頼みの綱になってくるのである。世俗的な思考よりもこの次元の方が優勢になるのは、周囲の風景の中に様々な宗教的要素があるからであり、それらに少しでも注意を向けさえすれば良い。携行しているガイドブックは翌日の行程を調べるために毎夜参照するが、カミーノに点々とある僧院、カテドラル、十字架の道行き、礼拝堂、エルミタを懇切丁寧に解説してくれている。これまでほとんど関心を寄せてこなかったことに驚きさえ覚えるかもしれない。結局のところ、巡礼は我々を信仰にまで導く思いがけぬ策略を内に秘めているのだと考えることになる。もう少しで、奇跡を口にするようにもなるだろう。この時点で、それまで無視してきた歴史的説明を渇望し始める。千年以上にもわたってこの道を辿ってきた無数の巡礼者が、心の中に霊的な印を刻むようになり、出発時そうした側面にはまったく心を突き動かされなかったとしても、そのような変化を喜ばしく感じる。自分が本当に動物的存在になってしまうことへの恐れに対して、信仰が一つの解決策になる。人間であるということは、神を知ることであり、もしくは少なくとも神を求めることを意味しよう。動物は獲物を追いかける。人類は自らの救済を追い求める。自明の理である。

頭を働かせようとしてもうまく行かずに疲れ切った巡礼者の心に、この発見は恰好のカタルシスを生み出してくれる。このとき突然、恐れることなく戦いを放棄できる。精神が空っぽになっても気にならないし、肉体とその欲求とに圧倒されても構わない。風景が気まぐれな表情を押しつけてきて、私たちを屈服させても、不快な雨や、じりじりと照りつける太陽に少しも反抗しない。どれもこれも重大なことではない。一キロか十キロか歩けば、教会がひんやりとした丸天井の影と、石の慰めと、神的なものの神秘的現存を恵んでくれることを知っているからである。信者であろうとなかろうと、心をこの清い水に浸して、特別の洗礼を受けることになるだろう。それは我が身の奥底における超越的なものの顕れである。

それまで心の奥に潜んでいたこと、すなわち大昔からこの道を辿った無数の巡礼者の系列に自分が連なっていることが、このときに具体的で明白な事実となり、外界と肉体の両方から生まれる確信となって、精神全体を占領する。絶望に陥る危険があった巡礼者は突如、この目に見えぬ大勢の巡礼者から手助けを受けられる。あたかもこの場所を通った人々の魂が彼を支え、励まし、勇気と力を与えるように。

私にとって、この変化はカンタブリア州の終わり、海岸を離れて内陸に向かい、オビエドに近づいたところに起きた。

時代の底のアストゥリアス

コンポステーラは私の非宗教的な目的地だったが、宗教的な側面の絶頂となったのはオビエドだった。モチベーションが下がりかけてきたときに、カミーノの霊的な次元が開かれたのは幸いだった。私はアストゥリアス州からは道筋にある聖域を体系的に探求することに乗り出した。しかし、そういう欲求を持ち始めると、田舎の小さな礼拝堂や、十字架の道行き像やエルミタは食前のつまみ程度のものだった。神秘的な段階に達した巡礼者の飢えは、こうしたオードブル程度ではほとんど鎮められない。聖なる町オビエドという霊的なメイン料理が出てくるまでのつなぎにしかならないのである。

そもそも中世の巡礼者たちは、この町を避けて通れない場所だと考えていた。「サルバドールを通らずにサンティアゴに赴く者は、僕《しもべ》を崇めて主をなおざりにしている」と、有名なことわざが断言している。オビエドの大聖堂に奉られる救世主《サルバドール》キリストに比べれば、聖ヤコブ《サンティアゴ》は脇役である。そのため、この町は巡礼の最初の目的地となっている。ここから別の旅が始まるのであり、それはカミーノ・プリミティボ〔始原の道〕と呼ばれて、多くの巡礼者はここを歩くだけで満足する。周囲の山々のおかげでアラブ人の侵入から守られたアストゥリアスでは、アルフォンソ二世が九世紀、コンポステーラで聖人の遺骸が発見されたとの報せを受けて、自らこの奇跡を見に出かけた。王はオビエドを出発し、最初の巡礼の道を開いた。オビエドに到着するということは、ある意味で一つの旅路の終点に達し、新たな旅を始めるということである。私にとって、オビエドは私の（短い）キリスト教的巡礼の頂点となった。いずれにしてもこの町に至るカミーノは美しくて強烈な印象を与え、出発当初の区間、およびこの町の後に続く区間の世俗性とはずいぶん異なっている。

すべての要素が結びついてこのカミーノの区間を素晴らしいものにしてくれた。第一に、カンタブリアとその海岸から離れることで、それまで目印でありガイドであった海と袂《たもと》を分かった。海岸という手すりから手を離すと、大人の助けを借りずに初めて歩み出す子供のような誇らしさを覚える。内陸の不案内性は、巡礼路の標識があることで和らげられてはいるが、ひたすら続く海岸と入り江よりも、刺激的である。

加えて、私はアストゥリアス州の魅力にすっかり屈してしまった。カミーノの道筋はバスク州と同じくらい配慮されていて、自動車道路を避け、昔の〈カルサーダ〉を再現している。アストゥリアス州に入るとすぐ、何か厳しく、プリミティヴであるが、同時に気高いものに私は打たれた。その象徴が至る所にある〈オレオ〉と呼ばれる小さな建物である。大昔からある（新石器時代に生まれたと言われる）この建物は高床式の倉である。床を支える柱の上部には円盤の形に削った平らな大きな石が載っており、ネズミなどがそこから上に登れないようになっている。元来オレオは藁葺き屋根で、木製の歩廊に囲まれていて、そこで牧草や麦穂や花を乾かしたものである。

こうしたオレオはしばしば、コンクリート製の階段、瓦か鋼板の屋根、窓などを付けることで残念ながら台無しにされてしまった。多くは車庫や鶏小屋や納屋に作り変えられている。しかし、変装の下に本体がしっかりと存在していることは分かる。そして完全に保存され、石の柱脚の上にすっくと立ち、数千年に及ぶ歴史を誇らしげに証明しているものもある。沿岸地帯を醜くしている短命な（そうであって欲しい）分譲地の凝り過ぎた気取りと、この単純素朴さは見事な対照を示している。

この素晴らしい地方の山々に囲まれた宝石箱の中で、過去の巡礼者の痕跡と宗教施設も、特別の力を持っている。というのも、アストゥリアス州は前ロマネスク様式の教会がある地域だからである。

こうした教会の中には、バルデディオ修道院に隣接する教会のように、きれいに修復されているものもある。またほとんど手入れされていないものもある。とある村で、別の施設に転用されているように見える教会を私は発見した。しかし、建物の周りを巡っていると、老婆が私に合図をした。ゆがんだへアピースを頭に被り、犬を静かにさせて（犬はしばしば何故か飼い主に似ている）、大きな鍵を持って教会を見学させてくれた。カミーノのこの辺りで私は優美さに浸っていたが、この探訪には深い感動を覚えた。この前ロマネスク様式の建物の特徴は、まだ交差ヴォールト〔穹窿〕の天井がないので、ぎっしり石を積み上げて造られていて、数少ない開口部は小さな銃眼程度の大きさであるということである。内部は真っ暗である。建物は地上に建っているけれども、そこに入るとカタコンベを訪れたような印象を持つ。壁には彫刻が無く、不在の柱や窓を模したフレスコが描かれている。老婆が持つ暗い懐中電灯の先に、鬚の生えた顔、衣の裾、鷲の翼、雄牛の角が浮かび上がった。それらの発想の源が福音書にあることは承知していたが、教会よりも洞窟にありそうな、でこぼこの壁に黄土色の絵の具で描かれたこれらの像は、千年よりもっと昔のものであるかのような印象を与えた。むしろオレオが造られた先史時代と同時代の遺物であるように思われたのである。こうして、アストゥリアス州のキリスト教は、思いがけぬほど深い根を覗かせてくれ、霊性の最も原始的な形態と繋がっていた。私がこの信仰に感じた魅力はいや増すばかりであった。

建物には階段が後から（おそらくは十七世紀に）付け加えられて、鐘楼に通じていた。ガイドの老婆にこの残念な改造はいつ行われたのかと尋ねると、間違いなくずっと昔だと答えた。それを証明するために、彼女はこう付け加えた。「私が生まれたときにはもうあったから」。そして年齢を言った。私と同い年だった。私は突然、気分が少し重くなった。

付け毛がずれているのと、動きがふらふらして足元がおぼつかないので、この哀れな老婆はひどく具合が悪そうだった。それはこの場所の荒廃の雰囲気を高めていたし、彼女のおかげでこの見学が死というものを残酷に意識させることになってしまった。復活したキリストの勝ち誇った姿も、そのことをさらに強調した。私は十字架の下に身を投げ、この世における健康と来世での永遠の生命を賜るよう、神に祈りたいという強い欲求を感じた。こうして私は中世人、とりわけ巡礼者たちの状況そのものに置かれた。彼らは苦悩にあえぎ、カミーノの試練を受け、こうした教会の心地良い暗闇の中で希望を取り戻すしかなかったのだ。

我が案内人は教会を隅から隅まで残らず私に示した。時には電線からぶら下がった裸電球の助けを借りた。大きな樹脂製のスイッチを入れて点灯するのである。それはうつろで耳障りな音を立て、私は子供時代を思い出した。

哀れな老婆が驚くべき敏捷性をもって行った唯一の動作は、建物から出たときの小さな手の動きだった。それはチップを受け取るために見物人に差し出され、刺繍入りのエプロンの暗く、多分前ロマネスク様式の折り返しの中にそのチップを入れるための動きである。別れ際、教会は今も礼拝に使われているのかと尋ねると、司祭が毎日曜にミサを挙げているとのことだった。彼女の生涯を照らしていたに違いないわずかな誇りを込めて、それは自分の兄だと明かした。

バッカスと聖パウロ

アストゥリアス州では、数キロ離れただけで、このような農村のプリミティヴで貧しいキリスト教と、豊かな僧院の壮麗さの間のコントラストが示される。バルデディオでは、スルバランの絵の中からそのまま出てきたような修道士たちが、バロック様式の見事な黄金の祭壇の前で晩課の聖歌を歌っている。年老いた司祭と体の不自由な妹がいる田舎の教会の粗野な敬虔さと比べると、この場面は別の宗教を描いたものではないかと思える。しかし、これほど対立する霊性の形式の間に、大きな距離があることを許しているという事実にこそ、キリスト教の力が十全に顕れているのである。大修道院という名の聖なる城の中にいる僧侶たちと、カテドラルというよりは秣《まぐさ》小屋に近い質素な教会にいる下層司祭たちとの間に、同じ象徴と同じ儀式が、確固たる橋を架けている。何百年にもわたってキリスト教はヨーロッパに力と偉大さを付与してきたが、それはしばしば、神が作った秩序を守るという口実で旧習を墨守することと引き換えになされたのである。各人がこの社会において定められた位置を与えられている。およそありとあらゆる変化は死の後に繰り延べ、そのとき「後にいる者が先になる」(『マルコによる福音書』十章三一節)ことを約束し、神が下す唯一の、そして最後の審判を期待して、不正義という不正義に耐えるよう促しつつ、ヨーロッパにおいて、そしてとりわけ非常にカトリック的なレコンキスタのスペインにおいて、キリスト教秩序は目の細かい網を広げた。その結果、誰もがどこにいようとも、魚のように簗《やな》の中に捕らえられてしまった。その後、網は引き裂かれた。理性と進歩と自由がその中から現れ出て、一つの作品を作り上げた。それが脱魔術化し、物質主義化した社会であり、そこにおいて建前上平等な人間たちが、好きなだけ他者を搾取することになった。

巡礼は、こうした過去の強力なキリスト教の名残を発見させるだけでなく、往時の現実を体験するまたとない可能性を与えてくれる。聖堂からエルミタへ、修道院から礼拝堂へ、昔から変化したものは無いという幻想を巡礼者は持つかもしれない。

同時に、このような聖所を覆う幕、かくも長い間ヨーロッパを包み込んできた布は、実は未開性を何ら失っていない人や場所の上に被せられただけだということが、ほとんど体感として理解される。キリストの栄光に捧げられた宗教的建築は、大半がもっと古い聖域（中には先史時代まで遡るものもある）の上に作られている。今日教会や十字架像が建っている場所の下に、古代ローマやケルトや新石器時代の礼拝所があることは、考古学的な発掘によって明らかになっている。しかし、巡礼者は、人から指摘されるまでもなくそのことに気付く。歩いていると、森の茂みから突き出た岩山や谷の底にある隠れた源から、霊的な波動、神秘的な息吹、地中の存在が漂い出ているのが遠くからでも感じ取れる。峡谷を下ったり、逆に台地を登って行くに連れ、宗教的な恐れに襲われる。その恐れはかつて、野獣や雷や疫病に脅えながら人が裸同然で歩いていた時代では、さらにずっと大きなものだっただろう。そして地中や空中の精霊たちの自然の住処であるように思えるこの場所で、キリスト教建築に出会うのも当たり前のことに思える。それは危険のただ中で、四大の精の寛恕を願うため各時代に連綿と作られた数々の聖所の、最後の環である。

こうした経験を通じて私は、キリスト教がまずは素晴らしく開放的な役割を果たしたことを理解した（後には、キリスト教自体が抑圧の道具になることもあるが）。なぜなら、原始的な宗教は神々に対する人間の畏怖だけを表現し、神々から恩恵を確実に受けるために貢ぎ物をしていたのに対して、新たに登場したキリスト教は、人々が死に打ち勝つための強力な道具となったからである。キリストは復活の光において、信者たちを自然の脅威から守るために頭上で振りかざされた剣である。キリスト教徒たちが邪悪な精霊を闇に押し返し、呪いをものともせず、人跡未踏の地の危険に立ち向かう力を、キリストは授けたのだ。雲や山や森や泉に棲むありとあらゆる神々を自然から追い払うことで、キリスト教はある意味で人類の味方となり、世界全体を人類に与えた。そうなると人間の膨張は限度が無くなり、新たに開拓した場所はどこにでも、キリストが歩哨に立つ聖なる避難所を付け加えることを忘れなかった。

しかし、このキリスト教の網が捕らえた人々が、深い部分で異教的であり続けたことも、巡礼者は気付くかもしれない。私はバルデディオの修道院を出たところでそのことを体験した。

僧院から道は山をくねくねと上っていく。僧院の敷地全体が見渡せ、大修道院は上から見ると、青々とした谷にぽっかりと空いた穴の中にある、平穏と調和の場所のように見える。頂上に出ると、トラックが走る国道に再び出る。バルデディオの聖域が見えなくなるとすぐ、私は昼食を摂るため運転手や農夫たちが立ち寄るレストランに入った。

　大きなホールは信じられないほどの喧噪だった。耳障りな声でがなる会話が、どのテーブルでも熱を帯びている。赤ら顔が、明らかに大量に飲んだワインでてらてらしている。数ユーロの定食が、ソーセージやマヨネーズたっぷりの野菜や肉汁をかけた焼き肉の旨そうな料理の形で、とてつもないカロリーを提供してくれる。入り口近くの空いている席に腰掛けた巡礼者などには誰も注意を払わない。目はぎらつき、食べ物を詰め込んだ口が開けば、そのたびに新たな料理を呑み込み、ソースと同じくらい濃厚な笑いを吐き出す。

　かなり若い、ぽっちゃりとした短いスカートのウェイトレスが二人、客たちの間を苦労して動き回っている。酔漢たちの手に当たってひっくり返されないように、皿を頭の上に高く掲げている。そのせいで、尻が無防備な状態になる。男たちの手がそこを無造作に這い回る。ざらざらとして油で黒く汚れているのも構わぬ手が、女の尻の肉付きの良い輪郭を優しくなぜ回す。別の手は、もっと積極的なのか、アルコールのせいでコントロールがきかなくなっているのか、丸い臀部を押したりつねったり、さらには思い切り叩くものだから、その音が周囲の喧噪にもめげずに響き渡る。ウェイトレスが叫び声を上げ、皆がさらに大喜びする。あるときは、ゲームの暗黙のルールに違反して、許可された境界線を越えて指を這わせた客が、ウェイトレスに咎められる。娘はわめき、ホールの隅に皿を置きに行くと、男はゲラゲラ笑いながら、そこから出られないように通せんぼをする。その口論の間も、可哀想な娘の後ろにいる男たちが、その尻に仕掛ける卑劣な攻撃から身をかわす。

この場面は粗野で、野蛮で、信じられぬほど原始的だが、同時にそこからは生き生きとした、バッカス的な、異教的な歓びが発散している。この場所からほど近くにある、金箔で覆われた唐草模様の下で聖歌を歌う天使のように美しい声と、僧院の静寂から、あまりに遠い世界である。この二つの世界が近接しているという事実から、壮麗さと道徳を振りかざすキリスト教の秩序と、民衆の異教的な根底とが、絶望的な戦いを何百年も繰り広げたに違いないことが垣間見える。教会の支配、権力、栄光は圧倒的なものであったが、人間の深い本性を変えるには至らなかった。さらに、世俗から離れた修道士の隠棲が極端な形で象徴しているキリストの平安と、民衆の素朴で粗暴な情念への暴走との間に、ある種の共生関係さえもができあがった。俗人には、肉と食と酒の快楽が認められたが、それは労苦と繁殖のつらい重荷を担うことと引き換えであった。かくして、大修道院の修道士たちと安食堂のウェイトレスたちとが、何百年もの間に、矛盾はしていても堅固なペアを形作り、それはスペインの田舎の片隅で、無傷のまま生き残ったのである。

このペアと無縁な要素が一つだけあった。それは私である。ウェイトレスに丁寧に、穏やかに、手を大人しくテーブルに置いたまま声をかけると、彼女らは私の礼儀正しさに感謝するどころか、軽蔑したように私を眺め、笑いながら尻をつままれに戻るのであった。

初めは私も驚いたが、よく考えてみて、この反応は至極当然であるという結論に達した。私のようなタイプの人間は、宗教的情熱とも粗野な欲望ともかけ離れていて、キリスト教秩序の崩壊から生まれた存在である。さらには、同時にその崩壊の原因でもある。宗教による支配に対して戦った自由な意識は、傲慢さに凝り固まった新たな人間を生み出した。そうした人間は一方で信仰やその秘儀や規則から、他方で原始的本能や粗暴な欲求や力の支配から解放されたと主張している。

この近代人は増殖を続けた結果、教会権威に代えて、自分自身の道具の権威を確立させた。その道具とは科学であり、メディアであり、金融である。彼らは古き秩序を消滅させた。そうして、新しい秩序の中には、農民たちも修道士たちと同様に居場所がない。ウェイトレスたちは、私のようなタイプの人間たちのせいで、自分が住む世界の孤児となっている。彼女らが私に示した軽蔑を、私は受けるのが当然だとは言わぬまでも、少なくとも理解できると思った……

キリスト教世界の見事な一断面

道のりのこの段階で、私は霊的な経験を積み重ね、途中にあるエルミタをすべて訪れ、礼拝堂や教会の夕べの礼拝に参列した。今日、キリスト教の小さな世界が、とりわけスペインでどういう特別の状態にあるか、推し量ることができた。

日曜のミサは今でも多くの人を集めているが、夕べの礼拝は非常な年寄りしか引き寄せない。司祭による礼拝は彼らのためだけに行われているようで、これほど少ない会衆のために自分の才能を無駄にしていることに明らかに苛立って、儀式を手っ取り早く片付ける司祭もいた。

人がまばらであるにもかかわらず（あるいはその故に）、宗教的熱情が強い印象を与える場所もあった。バスクでのある晩のこと、素朴な鉄製の十字架くらいしか飾りの無い湿った教会の中で、かなり若い女性が、巻き舌でｒの音を響かせながら「アヴェ・マリアの祈り」を繰り返し、その後に続いて会衆のがらがら声が、まるで石ころがなだれを打つように応答していた。単純で短い祈りが繰り返されるにつれて、教会の中に緊張が高まるのが感じられた。そこに集まっていた信者の数は相当限られていたけれども、その場には霊的なエネルギーが満ちているようだった。最後に、聖歌隊席に司祭が現れたとき、その存在が真のカタルシスと、恐らく教会内のあちらこちらでより深い感動を引き起こした。

巡礼者は、礼拝の場所を次から次へと巡ることで、この国のキリスト教の様々な地層断面を、まさしく体験することになる。

豪華なカテドラルの中では、エリート聖職者たちに出会う。彼らは最も高徳で熟達の司祭たちであり、まだ枢機卿の地位までは得ていないものの、出世して高収入と、居心地の良い司教区、美しい司祭館を与えられている。その正反対の極には、辺鄙な田舎で、本来は戦うべき異教的習慣に近い、かつかつの生活をしている聖職者がいる。この貧窮聖職者の中にこそ、キリストを悩ませた貧しさ、混乱、誘惑のもたらす影響が見て取れるのだ。無能で、ときにはアル中で、もしかすると姦淫の罪も犯している司祭たちは、田舎の貧しい牧人たちの出身である場合、罪を許されるとは言わぬまでも、少なくとも寛大な扱いを受けていると思われる。彼らが悪徳を育《はぐく》むのも、金持ちの特権としてではなく、悲惨な人生に稀に与えられる慰めとしてなのである。それはバルベ・ドールヴィイよりもグレアム・グリーンの小説に出てくる人物たちである〔フランスの作家ドールヴィイ（一八〇八－一八八九）には革命期のパリで無神論者となった司祭を描いた『妻帯司祭』、イギリスの作家グリーン（一九〇四－一九九一）にはメキシコを舞台にし、酒に溺れた司祭を主人公にした『権力と栄光』がある〕。

この下層聖職者のまばらな集団に、もっと現代的な人物がときに入り込むことがあり、その経歴は謎である。こうした分類不能者の見本に、私はある日曜日、カンタブリアで出会った。その前の晩は、巨大な青い修道院に付属する巡礼者向けの建物に身を落ち着けた。しばらく一人きりだったが、そこに二人の韓国人女性が加わった。彼女らは私の姿を見ると、大部屋の奥に避難した。私が自分のだらしない外見を意識したのはこのときである。何日も昼は歩き、夜は野宿した後で、凶悪とは言わぬまでも、十分怪しげな姿をしていたに違いない。いずれにせよアジア人たちの目にはそう映っただろう。彼らは宿に着くとまず、全身を靴底に至るまできれいにするくらいなのだから。

翌日の日曜日、修道院の礼拝堂でミサが執り行われた。私を迎えてくれた修道士たちが、すこぶる情熱的で思いやりがあったので、そのミサには気をそそられた。だがしかし！　実際的な判断を優先したのは失敗だった。修道院のミサは開始時間が遅く、少し上の方にある司教区教会のミサの方が朝早いので、そちらを選んだのである。

それは巨大な建物で、外壁の漆喰が落ち始めていた。遠からぬうちに、天に召されることを願ってやって来た信者の頭の上に、まず教会の天井が落下するのではないかと思われた。

十人ほどのおしゃべり好きな女性たちが入り口近くに陣取り、私はこの場に漂うわずかな霊的雰囲気に浸ろうと、椅子に腰掛けた。女たちはがなり立て、笑いながらわめき合っていた。時間が過ぎていく。突然、甲高いおしゃべりの中に、重々しい声、バリトンの美しい声が響いた。それは明らかに、自分の喉に自信を持って、思い切り音を響かせようとする男性のものである。振り返ると四十がらみの、ややがっちりとして、上品な服を着た鬚の男が、女性教会員たちの間を気取って歩いてくる。彼女らが着飾っているのは、ひたすらこの男に気に入られるためであるようだ。十歳ぐらいの、太り気味で黒髪、あまり冴えない容貌の男の子が、女たちによって前に押し出された。私のいるところから、なんとなく初聖体拝領のことが話題になっているのが聞こえた。司祭はこの新しい信者を迎え入れることを喜んでいる様子で、頬を軽く叩き、頭、次いで肩を揉み始めた。子供はつまらなそうな顔をして、されるがままになっていた。

ミサまでここにいると、どれだけ時間が遅くなるかと私は計算を始めた。ここまでやって来たのに、どう見ても大して得たものはない。修道院ではほどなく礼拝を始めるはずで、そこでミサのために残っていれば、時間のロスは少なかったはずだ。司祭はまだ平服で、着替えるのを待たねばならなかった。女性たちとたっぷりと熱く語り合いながら、少年を自分の前にがっちりと掴み、身廊を進んでいった。とうとう、この人質を盾にして、彼は香部屋に消えた。

なんとも驚いたことに、彼はスーツの上に白衣をはすに被って、あっという間にその部屋から出てきた。マイクに向かって歩み出ると、間もなく会衆に語りかけた。口を開く前に大急ぎで切った十字だけが、集会での政治家の発言と、この演説とを区別する唯一の印だった。

説教も、典礼らしき典礼も、福音書の引用もなく、この司祭が立て続けに投げかけたのは、構想も目的もない、時事に関する長談義であった。主題は財政危機、リビア戦争、サパテロ内閣、中国との経済競争、野生動物の取引、ハイブリッドカーの未来、ユーロの信頼度、津波予知、自然公園の存在理由、等々に及んだ。

言葉の奔流は涸れることがなかった。表情全体から、こうして人前で目立つのが嬉しくてたまらないということを示していた。袖を振り、顎を突き出して強調する間に、聖歌隊の子供を、自分の証人にするかのように掴んだ。暴力的な事象について語るときはその子の背中を小突き、耳をもみくちゃにするが、別のときは穏やかになって、子供の頭のカールした髪の毛を優しく撫でるのであった。子供の方は叩かれても撫でられても平然としていた。この問題行動に眉をひそめている人はいないようだった。大蛇に生きたネズミを餌として与えるのにも似て、明らかに村人たちはこの従順な犠牲を神父に委ねてしまっていた。

私は不安になり、腕時計にちらちらと目をやった。三十分は経ったが、司祭はミサの古典的な要素に何一つ触れようとしない。

信者の女性たちは椅子に腰掛けたまま、時々うなずきながら話を聞いているが、飛んでくる話題の砲弾は彼女らの頭の上をびゅんびゅんと通り過ぎていく。多分、最初は風変わりだと思った状況を、彼女らは明らかに受け入れてしまっていた。この外向的な司祭のミサはミサと似ても似つかない。それはテレビに溢れているトークショーにかなり近く、彼女らはそのことに戸惑っていない。

いつ終わるとも知れぬ長広舌の最後に、司祭はそれでも聖体拝領を手っ取り早く済ませた……のだろうと私は推測する。実はそこまで待つ忍耐力が私には無かった。彼がプーチンの独裁に鉄槌を下した後、ヨーロッパサッカー選手の微妙なトレード問題を攻撃しているところで、私は立ち上がって出口に向かった。司祭が一瞬、口をつぐむのを感じた。子供の両肩をしっかり掴みながら、彼がためらわずに攻撃していた敵たちに対する明らかな勝利を、この短い沈黙によって、聴衆たちに確認してもらったのである。少し笑みを浮かべた女たちの視線が、出口まで私についてきた。そうして毅然とした司祭が、勇敢に聖域から追い払った悪魔の役割を、私は演じたのである。気分が良いわけはなかった。

私は外に出たが、巡礼者という立場は変わらなくとも、少しぐらついていた。細かい雨が落ちていた。このときのことが、私の宗教的段階の終結を標し付けるエピソードの一つになった。間違いなく信仰心が薄く、どのみち新聞で読めるようなことを教会で聞かされるのは無駄だと考える質《たち》の私は、自分に過剰投与したキリスト教の副作用を感じ始めていた。晩課も臨終前の終油の秘蹟に似ているような気がして、だんだんと興味を失っていった。礼拝堂や修道院に飛び込むこともなくなった。いくつ目だか分からないエルミタの前を通って、同じ蝋燭が燃え、同じ花束が枯れているのを見るために足を伸ばすのも面倒になった。

この究極の最後の防護服から解放されて、三週目の始まりの私はとうとう裸になり、カミーノの真実を受け入れる用意が出来た。私はまず夢想を、次いで思索を、最後に信仰を押しのけたのだ。こうした連続的な脱皮の後、私には何が残っていただろうか。やがて道の勾配が急になり、空気が清々しくなる頃、私はそれを発見する。

アルフォンソ二世とブッダの足跡を辿って

オビエドではすべてに気品があった。教会、カテドラル、街路、ポーチ、ファサード。当然のごとく、足下でも豪華極まりない巡礼路の印がカミーノを標している。花崗岩の敷石に嵌め込まれたブロンズの帆立貝である。この貝のマークを辿ると、どこにも見られないほど立派な標識に出会うが、それはカテドラルにほど近い路上に嵌め込まれた金属製の輝かしい表示板で、コンポステーラに向かう大きな分かれ道を示している。まっすぐ進んでうねうねと降りる狭い道を行けば、ヒホンに通じる海岸の道の延長である。もう一つの矢印を追いかけることに決めれば、〈カミーノ・プリミティボ〉の大通りを進んで、山に向かって行く。前夜、町の見学の際にこの十字路は見つけていた。夜明け頃ここに来てみると、通りも広場もがらんとしていた。この感動的なブロンズ製のプレートを、意に介さずに汚れた靴で踏みつけにする不届きな観光客もいない。私はこの歴史的分岐点の前に背筋を伸ばして立ち、ゆっくりと、思いを込めて、九世紀にアルフォンソ二世が残した足跡を辿る、最初の一歩を踏み出した。「一人の人間にとっては小さな一歩だが、人類にとっては大きな一歩である」

コンポステーラで聖ヤコブの遺骸が発見されたという話は、むろん当てにならない。キリストの使徒がこのスペインの端まで来ていたなど、まったくもって荒唐無稽である。言い換えれば、この地まで来る理由がない。エルサレムで死んだ人間の遺骨が八百年後に三千キロ離れた場所で発見されたという事実を説明するためには、遺体が船に乗せられてスペインに流れ着いたという途方もない物語をでっち上げる必要があった。まあ良かろう。不合理故ニ我信ズ《クレド・クイア・アブスルドゥム》。いずれにせよ物語が語られるのを聞くことは不快ではない。どうみても疑うしかない事柄を信じるのは、各人の権利である。真実だと思えれば、それで良いのだ……

しかし、怪しげで信用できない歴史的構築も、実は巧妙な政治の一手であったことが分かる。西に向かって巡礼路を開拓するというのは、それまで東の二つの聖地――ローマとエルサレム――の方ばかりに向かっていたキリスト教社会に均衡をもたらすことになった。懲罰として、または誓願によって、贖罪の道に踏み出した信者たちの*1移動集団は、アルフォンソ二世王に続いて東から西へ、ヨーロッパの

＊1　「貧しい巡礼者たちの集団」という観念に疑問を呈する中世史家たちもいる。当時の巡礼者は大半が貴族や商人であって、今日往々にして想像されるような集団移動の跡は、資料を調べても見つからないと彼らは言う。次の論文を参照のこと――Louis Mollaret et Denise Péricard-Méa, « Le triomphe de Compostelle », *SaintJacquesInfo* [en ligne], Histoire du pèlerinage à Compostelle.

彼らの説は（他の多くの研究者から異議を唱えられているが）、巡礼が常に教会にとっての政治的な問題だったということである。確かにサンティアゴ巡礼の開始はアラブ人によるスペイン占領の時期に当たっている。十九世紀の遺骸の再発見と、教皇レオ十三世による巡礼の推進は、当時の世俗化の高まりに対応している。

一九三七年に再び巡礼が躍進したのも、スペイン内戦時における「カトリック教国スペインに対するカトリック教国フランス」の支援として正当化された、等々。

最果て《フィニステレ》へ、大西洋に太陽が沈むのが見られるガリシアへと、押し寄せて行くことになった。そしてこの巡礼のうねりはどこから始まっても良いというわけではなかった。それはイスラムによって占領された土地を足場にしていたのである。山地であるが故に唯一キリスト教国として残ったアストゥリアスから、この巧妙で比較的無害な行為を端緒に、レコンキスタは前進していった。聖遺物を拝みに行く、というのは軍隊を配備することとはまだ距離がある。巡礼者たちの先駆は、未だ私的な行為に見える最初の一歩を踏み出した。後にはその背後から、カスティージャの大部隊がやってくることになる。キリスト教徒によるグラナダの奪回（一四九二年）が、コンポステーラ巡礼の中に萌芽としてあったというのは言い過ぎだろう。ただ、アルフォンソ二世王と共に、歴史が動き出し、それは後の世まで続いていくことになる。そもそも聖ヤコブ自身、場所と時代に応じて、あるときは弱々しく無防備な貧しい巡礼者として、あるときはサラセン人を蹴散らす恐ろしい騎士の姿で表された（後者にはマタモロス（ムーア人殺し）の異名が付けられた）。

頭に靄がかかった状態で通りを進んでいる際に、この歴史的事件は私に夢想の材料を与えてくれた。カミーノ・プリミティボへの出発によって、私はアルフォンソ二世王のお供となった自分を思い描いた。

私は彼の目を通して周りを眺めようとして、今のような歩道も車道も建物も店もない状態の山や谷を歩いていると想像してみた。スペインの町のあちこちに置いてある等身大のブロンズ像が、その奇妙な不動のシルエットによって、アルフォンス王の華々しい出発を見送る見物人たちの化石のように思えた。かなり長い間、多分二、三時間、夢想の能力を維持して、谷を吹き渡る涼しい風にはためく幟《のぼり》、王を歓呼して見送る村人たち、できるだけ王に近づこうと馬で急ぐ廷臣たちの姿を想像した。この最後の人々の姿はことのほかよく見えた。私は人生において、そうした大きな動物、小さな猫、肉食猛獣を間近で観察する機会に恵まれた。それは太古の昔から、いつの世でも同じように繁殖し、強い者にへつらい、弱い者を軽蔑するように訓練されていて、人に何を言われようと、あらゆる道徳の説くところと裏腹に、人生において報われるのである。おべっか使いの恐るべき永遠の群れのことである。

しかし、私の思索に方向と形を与えようとする最後の努力もとうとう尽きてしまった。カミーノの導きの糸を失い、どちらの方向に向かっているのか、上っているのか降りているのかも分からなくなり、自分の中にかろうじて残る巡礼者の魂が、壁に沿って置かれた貝殻のマークを自動的に、やがて無意識的に、探り当ててくれた。

奇妙な幸福感が私を捉えた。ここまで数百キロ歩いて鍛えられた結果、痛みをどこにも感じなくなった。私の欲望は私自身よりも先にスリムになっていった。それはもはやいくつかの野心に限定されていた。あるものは「食べる」とか「飲む」とかの簡単に満たされる野心であり、もう一つはなかなか達成しがたいが、すでに達観していた「眠る」という野心である。自分の内部に、魅力的な道連れがいるのを感じ始めていた。その道連れの名は〈空虚〉である。頭の中にはイメージも、思索も、ましてや計画など浮かばなかった。知識はたとえ持っていたとしても深いところに沈んで消え、それを援用しようという欲求をまったく感じなかった。景色を眺めても、コルシカとか、私の知っているどこか別の場所に似ているかもしれないということに思い至らなかった。すべてをまばゆいばかりの新鮮さをもって眺め、爬虫類かムクドリの脳と同じくらい単純に戻った頭脳で、この複雑な世界を受け入れた。私は記憶と、欲望と、野心の荷を下ろした、新たな存在であった。直立人《ホモ・エレクトゥス》ではあるが、その特別種、歩行人である。広大なカミーノの中では微小の存在で、私は私自身でも他の何者でもなく、単なる前に進む機械、考え得る最も単純な機械で、その究極の目的と束の間の存在理由は、片方の足をもう片方の足の前に出すことにあった。

そのとき、目を開いた私の前に、アストゥリアスが持てる魅力のすべてを繰り広げた。素晴らしい幾日間か、人里離れた谷、荘厳な頂、俗世に穢されていない村、山腹を神が優しく愛撫した跡のような道、これらが織りなす長時間の舞踏を経験した。

それは高地の牧草地のように緑色の時間であり、景色を覆う鋼《はがね》の空のような青い夜であった。渇いた喉を潤してくれる透き通った泉、村で出されるふんわりとした金色のパン、埃でごわごわになった髪の毛に指を滑り入れてかき乱す優しい風、すべては私の中に力強く入り込み、そこに思索の仲介や、感情、苛立ち、後悔の影は差していなかった。

私は森を抜け、峠を越え、堰の黒い水を渡り、伝説に出てくる動物のように丘の上に立つ巨大なオレオに出会った。きしみ音を立てて回る大きな風車の影を歩き、緑の楢《なら》や杉が植えられた広大な断崖が縁取る、岩だらけの台地の上で眠った。

そしてそこで、こうした壮麗な景色の中で、カミーノは自らの秘密を私に明かした。自らの真実を私にそっと囁きかけ、それはすぐさま私の真実となった。コンポステーラはキリスト教の巡礼ではなく、この事実を人がどう受け止めるかに応じて、それ以上のもの、あるいは、それ以下のものである。本来的にいかなる宗教にも属しておらず、実を言えば、中に込めたいものを何でも込めることができる。何かの宗教に近いとしても、宗教の中で最も宗教的でない宗教、神について何も語らないが、神の存在に人間を近づけてくれる宗教。コンポステーラは仏教的な巡礼である。思索や渇望から苦悩を解放し、精神から高慢を、身体から苦痛をすべて取り除く。事物を包む硬い殻を消し去り、事物を我々の意識から隔てる。自我を自然との共鳴状態に置く。[*2] あらゆるイニシエーションと同様、コンポステーラは身体

＊2　現代における巡礼の再興と大衆的な大成功は、この思い違いと無縁ではない。一九六〇年代、キリスト教徒によって作られたカミーノ神話の現代版——無数の道の発見、中世の巡礼の「群れ」についての言及、清貧の理想——は、カトリック外の広い世界に反響をもたらした。巡礼はもっと折衷的で、漠然として、キリスト教会の枠を外

れた現代的霊性と同調している。コンポステーラへの道を歩み出す多くの人々は、無欲や自然との合一や自己の開花といった価値——おそらくは初期巡礼においてまったく欠けていた価値——に惹かれている。彼らの歩みはキリスト教的というよりもポストモダンなものである。もしコンポステーラが何か別の宗教（アジアかオリエント的な巡礼のイメージ）によって提示されたとしても、人は同じように惹かれていたという仮説を立てることも可能である……。それはまた、現代のキリスト教世界に欠けている霊性を求めて、必ずしも東洋の宗教に向かわなくてもよいということも、場合によっては証明している。ダライ・ラマはチベット仏教に帰依しようとする西洋人たちに向かって、キリスト教の泉においても、否、まずはそこにおいて、水を汲むことができるということを事あるごとに思い起こさせている。

を通じて精神に入り込み、それを経験していない人に共有させるのは難しい。同じ旅から戻って来ても、同じ結論を持ち帰らない人もいるだろう。私の言葉は人を納得させるためではなく、私にとってこの旅がどういうものだったかを描くためだけにある。見かけだけはおどけた言い回しでそのことを言おうとすればこうなる。サンティアゴへ出発するとき、私は〈何ものも〉探していなかったが、私はその〈何ものも〉を見つけた。

この新しい状態は、孤独と同義ではなく、むしろその反対である。コンポステーラ巡礼者が進化のこの段階に到達すると、自然界と交歓するのと同じくらい容易に、無理なく他者を受け入れる用意が整う。他の事柄と同じく、願望も目論見も幻想も下心も無しに、そうすることが可能になるのである。この状態において、私は最も美しい出会いをいくつか経験した。

私に関して言えば、この新たな状態は宗教的というよりも哲学的な形態を取った。ディドロの運命論者〔ドゥニ・ディドロ『運命論者ジャックとその主人』の主人公〕の名がジャック〔ヤコブ〕であるのは偶然ではないという直感を私は突然得た。この世界を前にして驚き、隊長の言葉を反芻する若き従者の単純で無垢なユーモアは心地よい。私は微笑みながら、小説の見事な冒頭部を暗唱した。

「彼らはどうやって出会ったのか?――他のすべての人と同様、偶然に。彼らの名前は?――それはあなたにどんな意味があるのか。どこから来たか?――すぐ近くから。どこへ行く?――人は自分の行き先など分かるだろうか。彼らは何と言ったか?――主人は何も言わなかった。ジャックは隊長がこう言ったと言う――この世で我々に起きる良いことも悪いことも、天に書かれている、と」

ここから私はこうした精神状態で歩むこととなり、自分の中に生まれた寛大さのおかげで、他人に対して柔軟で開いた心で接することができた。

私にとってカミーノの新しい局面を象徴する場所がある。コルネジャーナ修道院である。そこに着いたのはグラードを経由する長い旅程の最後であった。高台にあるグラードの町には非常に活気ある市が立っており、私が通ったときには旧市街の広場や狭い道を埋め尽くしていた。眺めて楽しむ気持ちはあっても購買欲はなく、口元に穏やかな笑みを浮かべて、何も買わずに屋台の前を通り抜けた。それから、小さな広場のカフェの席についた。とても暑く、広場は人でいっぱいで、スペイン人の家族たちが熱い議論を交わしていた。

彼らは時々、空を不安そうに見上げている。彼らが恐れていた雨は突然降ってきて、大粒の染みが敷石を濡らす。客たちはみんな逃げて行った。私だけはその場にじっと座ったまま、微笑みながらテーブルが水浸しになるのを眺めていた。

巡礼者は仏教的な状態になると、反応がかなり鈍くなることは否めない。人からは愚鈍にさえ思われるかもしれない。それくらい自分を包む至福感によって、反抗精神だけでなく、主体的精神まですべて失われてしまうのだ。畳んだナプキンを頭にのせたウェイトレスが走ってきて、会計を行ってパラソルを閉じた。彼女の到来をきっかけに、私は立ち上がることにした。慌てずに、とある家のポーチで雨宿りをした。

すると若い男と女の巡礼者が、一段高くなった道に普通の足取りで入ってきた。道には巡礼マークが描かれているので、カミーノの続きなのだろう。娘の方が私を見て、微笑んだ。とても美しい娘だった。私も自然に、森の中で自分の前を通り過ぎる牝鹿に対してするように、笑みを返した。これほど穏やかな心境になったのは久しぶりだった。他から見ると、きっと間抜けだと思われたことだろう。

ようやく雨が止んで、私はグラードを後にした。二人の巡礼者はとうに消えていた。道はあまり美しくなかった。国道沿いに進み、近代的な交差点を渡る。しかしそんなことは大して問題ではなかった。間を置いて、黄色い矢印か帆立貝が私に合図をしてくれる。私はその標識たちが話す言語を話していた。ここらあたりは皆が親切で、誰もが自分の巡礼路を辿る巨大な〈サンティアゴランド〉であるかのように思えた。

さらにもうしばらく矢印に従って行くと、小川を渡り、その後は川沿いに歩く道になった。土手が遊歩道にしつらえられていて、そこを歩いていると、涼みに来ているスペイン人たちとすれ違う。巡礼者を見るのは喜ばしいことらしく、彼らの挨拶に私は間の抜けた笑顔を返した。〈葉っぱ〉でもやっていると思われたに違いない。

とうとう、遊歩道の終点から、コルネジャーナ大修道院の塔が見えた。ベッドの空きがあれば、ここに泊まろうと決めた。

ようやく修道院の入り口に着いてみると、驚きと失望に襲われた。建物が廃墟になっている。彫刻が施された教会の石壁からは草が生えている。大寝室の破風の部分は粉々になって落下している。窓のガラスも壊れている。かつて多くの人が祈りを捧げた場所がこのように神から残酷に見捨てられているのはなんとも切ない。私にとってこの建物との出会いは、訪れるべきときに訪れたと言える。ちょうど信仰とは距離を置いたばかりだったからである。こうした天の忘恩は、もう儀式に近づかぬと決めた私の意志を強固にするばかりだった。しかしながら、汚れた壁と、沈黙と、そしておそらくは何世紀にも及ぶ祈りと貧窮が石に込めた見えざる堆積から、魅力的な霊性が今でもこの場所から立ち上り続けていた。

このまま歩みを続けようとしたとき、小さな看板に気付いた。「巡礼者向けアルベルゲ」とあり、建物の裏手に回るよう書いてある。実際、建物の背後には中庭があり、共同宿泊所がしつらえられていた。ひたすら悲しそうな顔つきをした鬚面のオスピタレーロが私を迎え、疲れ切った仕草でクレデンシャルにスタンプを押して、宿泊を勧めた。一瞬、その男が修道士で、かつての修道院の残骸に留まったメンバーたちの一人で、もしかすると彼の憂鬱は、修道院の崩壊に立ち会ったことによるのではないかと思った。そこで、習い性となっていたので愚かにも、晩課の始まる時間を尋ねた。

彼は疑い深そうな目で私を見た。私が冗談を言っていると最初は思ったのだ。私が本気で言っているとわかると頭を振って、面倒そうに、ここには「ずっと前から」修道士はいないと説明した。そして踵を返して行ってしまった。明らかに私は、ドン・カミーロではなく、ペッポーネの家に来てしまったようだ（「イタリアの作家・漫画家ジョバンニーノ・グァレスキの作品中の人物。前者は村の司祭。後者は共産主義者」）。

私は中庭にそのまま通じている共同寝室の一つに入った。中はがらんとしていて、完璧に手入れされていた。新しい寝具、鮮やかな色の金属製扉を備えた個人用のロッカー、真っ白なタイルの床。これは公営の宿泊所で、あまり数は多くないが、巡礼宿としては理想的なものであることが分かった。むろん役人が地元にこうした施設を作ろうと積極的になれば、公営の宿は修道院を悩ませている財政難から解放され、私営施設のオーナーの情け容赦ない強欲さからも守られて、一般的に設備は良く、ゆったりとしていて、空いている。

そのような施設には、この少し前、ポーラ・デ・シエロの町を通ったときに泊まっていた。ぴかぴかの新しいアルベルゲにたまたま遭遇したのだ。運営している協会の責任者たちが事務所から急いで出てきて、建物の木製の扉を無人だと信じて開けてくれた。滑稽だったのは、その宿の中にドイツ人のカップルがいたということである。誰一人彼らが到着したことに気付いていなかったのだ。男の方は灰色の顎鬚を腹のあたりまで伸ばしていて、女の髪の毛は真っ白だった。宿の人たちと私が最初に思ったこと、それは我々が発見したのは中世の忘れ去られた哀れな二人、フリードリヒ赤髭王とその妻か何かであり、我々がやかましい音を立てて入って来たので千年の眠りから覚まされたのではないか、ということだった……

ここコルネジャーナで、好奇心に駆られて共同寝室を見て回ると、各部屋に一人ずつしか泊まっていなかった。この宿を選んだ珍しい巡礼者たちは、明らかに羽を伸ばすことができた。

私は再び中庭に出てみた。寝室の正面には扉がいくつか並んでいて、それぞれシャワー室兼トイレ、洗濯室、キッチンに通じている。屋根付きの狭い歩廊が日中の暑い時間帯には影を作ってくれる。テーブルが一つと、椅子が数脚、並べられていて、私はそこに座った。ツバメが何羽か、暗くなりかけた空を舞っている。夕方の風が洗濯紐に吊された靴下をはためかせている。姿は見えなくても、巡礼者たちの軍隊がこの地を占領した証しである。本来なら晩課の聖歌が壁に響き渡っている時間帯に、ただ沈黙と、ときおりキジバトの鳴き声が、沈みゆく夕陽に挨拶を送っている。どのくらいそこに座って夢想に耽っていたかわからないが、敷地の外で声が響いた。やがて、少人数のグループが中庭に入ってきた。グラードにいた若い二人の巡礼者の姿を私は認めた。一緒にいるのは中年の男性二人連れで、一人は背が高く、一人は低い。背の低い方が、歌うような早口の標準スペイン語で大声で話している。明るく澄んだ娘の笑い声がメロディラインを描き、男たちの低い声が通奏低音のように伴奏していた。

彼らは私の姿を認め、遠くから挨拶して共同寝室の方に入って行った。やがてシャワーの音、ドアの開け閉めの音、相変わらず笑い声が聞こえてくる。とうとう、身を清め、櫛をかけ、持っている中で一番まともな服を着て、四人の巡礼者たちはテーブルの前の私に合流した。

その晩のことを詳しく語るのはとても難しい。注目すべきことは何も起きなかった。非常に友好的で、すこぶる陽気だったことしか覚えていない。娘は金髪でほっそりとした顔立ち、青い目が輝いていて、一座の注目の的だった。彼女もそのことを感じていて、浮き立っていた。バルカン半島の小国の出身で名前はマリカ。数年前からスペイン南部のリゾート地に住んでいる。そこで何をしているか、誰も尋ねなかった。その町が浮かれ騒ぎと、さらには奔放な性で世界的に有名であることから、これほど美しい娘がそこを住処に選んだ理由について、当然私たちは仮説を立てたい気持ちになる。彼女は私たちにとってカミーノの〈女性的なるもの〉を体現していたが、そうした幻想によって、神秘的な、そしてもしかすると淫らな香りが付け加わっていた。

中庭の入り口正面の飾り破風には不思議な淺浮き彫りが施されていた。地面に横たわった裸の女のような像と、その上に巨大な熊がのしかかっている。ガイドブックに、ある伝説を描いたものだと書いてあるのを私は読んでいた。かつて、この地の領主の赤ん坊が、森から出てきた雌熊によって、乳母の手からさらわれたという。山狩りが行われ、雌熊が子供を大事に育てているのが発見された。この伝説自体に官能的な要素はないが、彫刻の方にはたっぷりとある。乳飲み子は大人のプロポーションで女性的な体型だし、熊は雌なのに雄のようにがっちりしている。こうして修道院は、不思議なエロチシズムの印の下に置かれているようであった。獣が毛むくじゃらの腹に、男とも女ともつかぬ裸の人間を抱えている。それと同じ原始的な活力で、森から出てきた孤独な男たちは美しいスラブの娘を取り囲んでいた。

連れの方は彼女よりずっと若く、ベルギー人だった。すぐに明らかになったのは彼ら二人の間には何もなく、一緒に道を歩いてきたことによる共感だけがあるということだった。二人とも、私と同様、あるいは私よりずっと前に、欲望や情熱が鈍る境界を越えてしまっていた。彼らの中に仏教的段階に達した二人のジャケを私は認め、我々の交流はすぐにこの水準で行われた。すなわち、静穏、超脱、ただ一緒にいることの嬉しさ。

二人のスペイン人の方は、オビエドから出発していた。二日前に歩き出したばかりで、欲望のもたらす幻想からまだ解放されていなかった。背の低い方がラモンといい、以前の世界——カミーノより前にあるか、カミーノの存在を知らない世界——において、「ナンパ」と呼ばれるものにあからさまに熱中するタイプの人間だった。背の高い方の名はホセで、足を痛めていた。物静かで飾り気がなく、道のりの高低差や履いている靴の質（の悪さ）について、がらがら声でたまに口を挟むだけだった。ラモンの方のレパートリーはもっとずっと広かった。一晩中カミーノや巡礼者やスペインについて、滑稽な話をして我々を楽しませてくれた。いずれの逸話の中にも、自分を偉く見せようという涙ぐましい欲求が見て取れた。彼はもう二度カミーノを踏破したという。それ以外にもスポーツの実績、目覚ましい登攀、記憶に残るマラソン、陸上競技地方大会で獲得したタイトルを自慢した。それらすべてが、彼の狭い肩幅、細い脚、突き出た腹と明白な対照をなしていた。しかし、話の仕方は上手だった。明らかに眉唾であるという事実が、可笑しさを増していた。娘は大声で笑い、ラモンはそこに望ましい前兆を見ていた。「女が笑えば、半分はこっちのベッドにいるも同然」という法則に未だに凝り固まっているに違いない。男にとっても女にとっても、笑い方には山ほど種類があるということにまだ気付いていないらしい。娘の哄笑には、賛美よりも嘲《あざけ》りが多く含まれていた。ラモンが彼女の心を動かしているものがあるとすれば、道化師が自分の悲しみを隠そうとしている部分だった。肉体的には恵まれていないこの小男は、欲望とおそらくは恋愛のもたらした過去の痛みから、自分を魅惑の王子に仕立てようと絶望的な努力をしていたが、実際には自分でもそのことを信じていないのだった。穏やかに夜は更けていた。テーブル上の蝋燭が私たちの顔をほの暗く照らしていた。私たちは夜遅くまで、自分の人生を大声で夢想するラモンの、途方もない偉業に耳を傾けた。それから、私たちは寝に行った。それぞれ自分の部屋で。

この四人は、〈プリミティボ〉の道中ずっと、所々で一緒になった。一度も再会するつもりはなかったが、何度かばったりと出くわすことになる。最初はラモンが、なんとかマリカを物にしたいという一心で、彼女を独占するためにできる限りのことをした。美女と二人きりになるため、涙ぐましい言い訳をでっち上げて出発を急かした。ベルギー人の青年について、ラモンはあまり嫉妬していなかった。こんなに長く若い女性と一緒に歩いてきたのに何事も起きなかったということは、大したライバルではないと了解していたのである。大柄な相棒ホセの方も、足を痛めていて、几帳面な信者ぶりを示していたので、邪魔にはならなかった。山道で足を速めて彼を置き去りにしさえすれば、最終的に頃合いを見て、たっぷり愛の告白ができると考えていた。実は、一番警戒していた相手は私だった。そのことが分かって、私は少し悲しくなった。彼のことは気に入っていたし、私の醒めた態度や、もうすぐ一緒に歩く予定になっていた妻について何度か話したことで、美しいマリカに気がないことは十分示したと思っていたからだ。

しかしラモンが警戒するせいで、私とマリカの間に最初からできあがっていた共犯関係を意識することにもなった。この関係の性質についてラモンは誤解していたが、恋する者の感受性によって、我々二人より先に、その存在に気付いていていたのである。

何日間か一緒に歩く間に、マリカは私にたくさんの身の上話をした。スペインには男を追ってやって来て、完璧に言葉をマスターした。男には捨てられた。いろいろな苦労はあったが、この地に留まることに決めた。アンダルシアの海辺にある旅行会社で金を稼ぎ、国の母親に仕送りをした。母とは毎晩電話で話をした。彼女は憂いを帯びた孤独な娘で、表面上の陽気さの下に秘密の傷を隠していた。彼女の美貌は一つの武器だったが、普段はたいてい外に出さず、本気になれる男にやっと出会えたときのために取って置きたかったようだ。にも関わらず、万人の視線に晒されたこの美女は厄介者を身近に引き寄せ、片思いの情熱を掻き立て、嫉妬の犠牲になった。知れば知るほど、彼女がサンティアゴの道を歩いていることに驚かなくなった。人工的で上辺だけ飾り立てた世界から立ち上る毒気を、我が身から洗い流してしまいたいと思っているようだった。彼女の中には純粋性があって、それは自分の生まれた家か、この道の上でしか回復できなかったのだろう。

こうしたことすべてを私は少しずつ理解した。というのも、出会った次の日の朝、修道院から出るとき、彼女とはもう会えないと思ったからだ。ラモンが彼女を起こして一緒に逃走を企て、その後をベルギー人とホセが追ったが、私がその旅に加わらないように気をつけていた。彼にとっては不幸なことに、私はサラスで彼らに追いついた。中世の美しい町で、その中央にある広場で彼女がコーヒーを飲みたがった。私もそこで小休止したが、ラモンはこれ幸いと皆を急かして出発させ、再び私を置き去りにした。

しかしながら、諸々の偉業を鼻にかけているにもかかわらす、実際は歩くのが不得意で、私は再び追いついた。私たちはティネオまで同行した。町は切り立った丘の中腹にあり、アルベルゲは丘の上に建っている。しかしこのように地理的に恵まれていることを除くと、この施設はおぞましかった。極端な詰め込み具合で、ベッドとベッドはほとんど接している。シャワーは一つきりで、なんとか浴びたいと思う十人ほどが何も言葉を交わさずに列を作っている。オスピタレーロは横柄でつっけんどんな男で、巡礼者を囚人のように扱った。自分たちが囚人であることは了解しているが、それをわざわざ思い出させる必要があるだろうか。

ティネオのアルベルゲに入って、私の似非《えせ》仏教徒的超脱は、まだ完成していないことを悟った。鼾をかく人間に対する私の攻撃性と、一睡もできない夜への恐れは、明らかに消えていなかった。ラモンはほっとしただろうが、私はそこから逃げ出し、十キロ離れた場所でテントを立てて眠った。

私は翌朝ぐずぐずと時間を過ごしたので、当然マリカとその崇拝者たちには道の途中で再会するはずだった。もしかすると密かにそれを期待していたのかもしれない。しかし、プリミティボの正統的な道筋を外れたことによって、たまたま彼らとは遠ざかることになった。

カミーノの頂点で

カミーノ沿いでは、神から遣わされたような女性に出会うことがある。彼女らは巡礼者たちに献身的に尽くし、天性の長所をそのために使う。アストゥリアス州のビジャビシオーサで、私は民家のように温かく質素に飾られた美しいホテルに泊まった。女主人は、上等な観光客相手に商売することもできたであろう。しかし彼女は巡礼者たちを愛している。どのような誓いを立てて、巡礼者のために尽くそうと決心したのかは知らない。町の手前数キロから道沿いの木々に小さなチラシが貼ってあって、「巡礼者歓迎」と書いてある。巡礼者の手元不如意は知っているし、彼らがケチであることを漠然と意識しているに違いない。値段は彼らの懐に合わせてある。もっとも、料金を安くすることでサービスが悪くなるのであれば、そのことを彼女は後悔するだろう。夜になると、布製のクロスが貼られた瀟洒な部屋は、カミーノの苦労の痕で埋め尽くされることになる。というわけで私は十九世紀の風景画と見事な寄せ木細工のライティング・テーブルの間でテントを乾かした。彫刻のある木製寝台のヘッドボードに靴下を干し、円卓の上で調理用具を整理した。我が巡礼仲間たちも、隣の部屋で同じことをしたに違いない。朝食時には、女主人はジャケたちに囲まれてコーヒーを飲むことを明らかに楽しんでいた。娘を学校に送り出すまでの間、巡礼者たちと語り合い、よく眠れたか、よく休めたかと尋ね、自分は行ったことのないコンポステーラについて話を引き出すのであった。後ろめたさはあるが巡礼者の抑えきれない本能に従って、テーブルに並んだパンはすべてリュックの中に非常食としてかすめ取られる。サンティアゴで、彼女のために祈りを捧げたか、少なくとも彼女に思いを馳せた人が多いと、私は確信している。

もう一人、これとまったく違うタイプの女性に、ティネオから数キロ行ったカンピエージョの小さな村で出会った。ガイドブックには、この村にカーサ・エルミニアという名の食料品店があると、簡潔に記されている。それ以上のことは書かれていなかった。着いてみると、巡礼者専用に作られた宿泊所があって驚いた。施設の用途はちょっと見ただけでは明らかでない。建物の正面には帆立貝がたくさん描かれていたが、こうした表示はしばしば、本物の巡礼者より観光客向けであることがある。中に入ると、田舎の食料品店にはよくある古着が置いてある。右側にはカウンターがあり、しかめ面をした主人がグラスを拭いている。奥には保冷棚があって、様々な種類の肉やチーズが並んでおり、二十キロも離れれば地元民でも聞いたことのないようなエキゾチックな名前が付いていると思われる。さらに壁と天井には、雑然たる商品の山から、けばけばしい洗剤の箱、埃をかぶったプラスチック製の玩具、中身が変色して濁ったソーダの瓶が顔を覗かせている。

時は昼近くで、外は暑かった。食料品店に入って、あたりの静けさ、主人の目つきの悪さ、村に人っ子一人いない状況から、最初は何か恐ろしい「赤い宿屋」の敷居をまたいでしまったのかと恐れた。伝説によれば、旅人を迎え入れると喉首を切り裂いて金品を奪ったとする宿屋だ。私はバーカウンターにびくびくしながら座り、主人がコカコーラを取ってきてくれる間、上からぶら下がっているサラミを警戒して眺めた。巡礼者の肉でできているのではないか、と。

こうしたおぞましい考えは、一人の女性がやって来たことで消え去った。小柄でたくましく、黒い服に厨房用のエプロンをかけて、調理室から現れた。巨大なブリキ鍋の蓋の隙間から漏れる旨そうな匂いが、開いた扉を通って漂ってくる。

控えめに言ってもこの女性の方がここでは偉かった。彼女が入ってくると主人の姿は灰色の壁に吸収されて、突然保護色を身につけた。

私に突きつけたスペイン女性の視線は、フランコ主義者のごろつきでも、とても勝てない代物だった。

「昼は食べる」という言葉を投げかける。

スペイン語だったが、クエスチョンマークが前にも後ろにも付いていない。私の反応をまったく待たずに、こう続けた。

「まだ用意ができてないんで。お座んなさい。そこに」

何週間も巡礼路を歩いて穏やかになっていた私は、彼女が指差した場所に大人しく腰掛けた。

調理場に戻り、私は待った。少しして別の巡礼者が現れた。背の高い男で、鼻は整形したらしく髪は脱色してある。都会のスポーツジムに長い間通って鍛えた筋肉を、ぴったりとした黒いタンクトップ、ぴちぴちの短パンで念入りに強調してある。正にゲイ・パレードの山車《だし》から降りてきたといった風情だった。いかに不釣り合いに見えても、杖とリュックが巡礼者であることを示していて、この場に現れたのもその証しである。

女将が調理場から出てきて、私の正面に座るよう男に言い渡し、こう言った。

「もうすぐできるから」

私たちは話を始めたが、彼女の邪魔にならないように低い声で話した。いくつかの言語を試した後、一つ共有する言語があることを発見した。彼はオランダ人で、ベルギーでフランス語を学んだという。

相変わらす偏見に惑わされて、私はこれが彼にとって最初のカミーノに違いないと思った。極めて清潔なので、そんなに遠くから来たわけでもないだろう。

彼は私の誤りを正してくれた。コンポステーラに赴くのは五回目で、出発点はブリュッセルだという。実を言えば、ありとあらゆる行程を辿ったことがある。彼は巡礼をまるでだらだら続く下手なジョークだったかのように語る。カミーノは今回限りにすると心に決めている。しかし、そう断言する口ぶりから、自分自身そのことを怪しく思っていて、多分旅をするたびに同じ誓いを空しく立てたのだろうと感じられる。

女将が湯気の立つ皿を高く掲げて侵入してきて、私たちの前に置いた。座席と同じく、料理も客の裁量に委ねられていなかった。文句を言うなど問題外だし、そもそも私たちにそんな気持ちは毛頭なかった。どれもこれも美味しかった。

別の巡礼者が集団で到着した。挨拶して、我々を長い間じろじろ見ている。オランダ人と私が見たところ二人連れであるらしいことにショックを受けた様子はなかったが、一人が清潔で一人が汚ならしいという事実は気にかかっていたようだ。

食事が終わると、女将が一座のところにやってきて喝采を受けた。私たちは当然の賛辞を捧げた。彼女はしばらくその場に残って、打ち明け話までしてくれた。

彼女が言うには、巡礼者たちに徹頭徹尾尽くしているとのことだった。食料品店の跡を継いで、巡礼者のための施設にしようと決めた。宗教的な理由からでないことはすぐに分かった。カミーノは彼女にとって商売上の未開拓分野であり、全力でそれを征服しようとしたのだ。利益の計算もした。カンピエージョはカミーノの途上にあり、すべてのガイドブックが彼女の食料品店に言及している。ところが、である。一つのハンディキャップがあり、これをなんとか乗り越えようとした。それはこの村が、一日の行程の真ん中にある、ということであった。巡礼者たちはティネオに泊まってから出発し、ポーラ・デ・アジャンデまで行ってそこに宿泊する。したがって、昼食しか提供できない状態なのである。採算は確かに合う——私たちは勘定書を受け取って、そのことを納得せざるを得なかった——しかし、それだけでは不十分だ。

たくましい女将は村をれっきとした宿泊地の地位に上げ、巡礼者たちをそこに泊めたいという野心を持った。そのため、農作業用の古い納屋をアルベルゲに改造した。昼食の後、彼女はその施設を私たちに案内してくれた。昼過ぎの容赦ない日照りの下、オランダ人と私は数百メートル歩いて宿まで着いた。私たちは汗びっしょりだった。女主人の方は全身黒ずくめで先頭に立っている。額には一滴も汗をかいていない。これこそ一滴の水も無駄にせず、食料は最後の一カロリーまで生かし切り、すべてをエネルギーに、さらに最終的にしっかり金に換える高能率の人間機械であった。寝室は新しく、清潔だった。彼女はマットレスの値段を言って、寝具を自慢した。ただ、私営のアルベルゲは皆そうであるように、寝床と寝床の間が恐ろしく近い。女将に何度も勧められ、清潔であることは確かだったが、自分の意見を変えるには不十分だった。私は歩みを続けることにした。そもそも、まだ時間が早すぎるし、この日の距離を十分に稼いでいなかった。私の連れも説得された風はなかったが、それもドアを開けて、ぴかぴかの洗濯機と乾燥機を目にするまでのことだった。これらの備品は明らかに彼にとって不可欠のものであった。彼の驚くべき清潔さはこうした機械に依存しているのである。彼はどう見ても風変わりな巡礼を行っていて、教会から名所旧跡を巡るというよりもむしろ、綿製品向け四十℃洗いプログラムから、合成繊維用毎分六百回転脱水へと経巡っていた。五回も巡礼を経験した後、カミーノはもうあらゆる魅力を失ってしまっていて、洗濯室で彼が上げた歓喜の叫びから判断するに、感激の対象はこうした家庭電器製品だけなのだろう。Tシャツと靴下用の機械をすぐに作動させてみてから、ここで泊まると宣言した。

食料品店の女将はアルベルゲから私が出てくるのを見ても、まだ諦めずに留まるよう説得した。カミーノ沿いの最初の貝殻マークを示して、彼女にとって最高のビジネストークを持ちかけた。自慢げに声を低くして、こう予告した。

「ここを出発すると、別の道《バリアンテ》があるんですよ。ガイドブックには載ってませんよ、まだ載ってません。でも標識は付いてます。ええ、ずっと黄色い貝殻と矢印が描かれてますよ」

私は興味を示した。別ルートだということは、人がもっと少なくて、この山の中ならもっと野性的な自然があるということだ。

巧みな口上に習熟していた女将はさらに続ける。

「歴史的に見れば、普通のルートよりずっと面白いですよ。途中で中世の巡礼宿に四つも出会えます。息をのむような景色だし」

とっておきの台詞は当然ながら最後に取ってある。

「でも道が長くてね。ポーラ・デ・アジャンデは通りませんよ。最初のアルベルゲは三十キロ先。つまり、ここを出発して一日分の行程なの」

沈黙を長引かせることで相手の頭の中に滑り込ませようとした論理的結論、それは彼女のアルベルゲで泊まらなければならない、ということだった。だがしかし！　私の方もジョーカーを持っていたので、気のない素振りでそれを切った。

「問題ないですよ。テントがあるので。いつでも道の途中で寝られるんです」

この段階で女将は勝負に負けたことを悟った。しかし、最後の最後まで戦わずに負けを認めることを潔しとしない彼女は、私を泊まり客にできなかったので、少なくとも勧誘員に仕立てようと試みた。私の袖を掴みながら、悲痛な声でこう囁いた。

「こっちの道を行きなさい。あなたの国でガイドブックを出してる人たちみんなに、一番美しい道はこれだって書いてやって下さいな。誤りを正して、カンピエージョで泊まるようにしてくれると良いんだけど」

私は逆らわずに、そうすることを約束した。超脱の段階に達していた私は、そのことをかなり本気で納得させられていたと思う。いま、この文章を書くことで、ある意味では約束を果たしたことになる。というのも、山を通るこの別ルートは他に比べようもない美しさで、何としても外すべきではないと、断言したいからだ。

女将には悪いが、この道の意義は、彼女が予告した件《くだん》の中世の宿に発するものではない。最初の宿は雑草に覆われた石の山積みである。立て札が誇らしげに「第一の宿」と予告してあるが、これは野心的な女将自身が書いたのではないかと思う。二つ目で残っているのは、八十センチの高さの壁の断片である。三つ目も同じ類。最後のものは小石がいくつか顔を出している程度で、その真ん中で羊の群れが草を食《は》んでいたのを覚えている。高地の冷たい空気に山登りの疲労と喉の渇きが相俟って、私は幻を見た。立て札を読んでいる私を見て、羊たちがせせら笑ったと私は信じている。

しかしながら、このモニュメントなるものが失望する類いのものであっても、この別ルートの行程自体は彼女の宣伝を裏切っていなかったし、さらにその上を行くものだった。

道は昇り、消えかかる。ときにはほとんど見えなくなり、単なる踏み跡か、山に引く想像上の線のようになる。すでに何週間も歩き続けて、巡礼の標識が現れる前に感知するまでに鍛えられた巡礼者は、この野生の空間で自分の巡礼技術を十全に発揮できる。当てずっぽうで前に進めるのだ。頭の中で高い山をまたぎ、谷に糸を渡す。大きな起伏を持つ道筋を巡礼者は感じ取り、見抜いて、一歩一歩手なずけていく。足取りを少しも乱さず、山の頂を飛び越え、深淵を横切る。広大無辺の中で、極々小さな存在でありながら、同時に精神を駆使し、微々たる歩みの力で、その風景と同じ大きさになる。巡礼者は、ヴィクトル・ユゴーの言葉を借りれば、小さな巨人になるのである。自らが卑小の極みであり、かつ力の頂点にあるのを感じる。数週間の彷徨によって陥った無感動状態、欲望と期待から解放された魂、苦痛を制御し、苛立つ心にヤスリをかけた肉体にあって、巡礼者は、この無限でもあり有限でもある開かれた美の宝庫で、自分より大きい何か、実際は何ものより大きい何かを見る心構えができる。この高地を行く長い区間は、いずれにしても私にとって、神を垣間見るとは言わぬまでも、少なくとも神の息吹を感じる瞬間となった。

教会や修道院は控の間に過ぎず、私はそこで、未だ不可視のままであった〈何か〉の到来を待つ準備をしていたのであった。こうした黙想の場で大いなる神秘を受け入れる用意ができ、今やようやく、その〈何か〉と対面することを許されたのだ。やっとのことで一人となり、儀礼用の豪華な衣装を脱ぎ去ってほとんど裸同然となって初めて、天に上ることができるのである。この本質的な原理と対峙するにあたって、ありとあらゆる宗教は混じり合う。ピラミッドの下のアステカの祭司、ジッグラトの上のシュメール人、シナイ山のモーセ、ゴルゴタのキリストのように、巡礼者はこの高き孤独の中で、風と雲に委ねられ、遙か眼下の世界から切り離され、苦悩と空しい欲望の中にいる己から解放されて、やっと統一体、本質、起源に到達する。それにどんな名前を与えるかはほとんど重要ではない。その名前が何に体現されるかはほとんど重要ではない。

　私は荒涼とした峠に達していて、地面は短い草で覆われていた。薄い霧が立ちこめていた。ひんやりとした風に吹き上げられて、白い布地のような雲が、そびえ立つ大きな岩山の周りを取り巻いている。牧草地の緑の所々に小さな湖が穴を開けていて、空を映している。牛たちや羊の群れとすれ違った。突然、野生の馬の一団が、視線の先に浮かび上がった。たてがみは長く、風に押されるように自由に飛び跳ねていたが、私が接近したことで警戒しているのかもしれない。そのうちの一頭が、他より大きく、大胆で、じっと立ち止まり、私を見つめた。それから跳び上がって頸《くび》をたわめ、四肢を纏《まと》めて体で半円形を描いてから、その場で回転し、最後にもう一度私に目をやって、消えた。

　私が先史時代の人間であったら、自分の洞窟まで駆け戻って、ちらりと垣間見たこの神を岩壁に描き、そこにあらゆる力と美を込めたであろう。こうして今日の人類は、一神教の長い寄り道をたどった後、自然の事物——雲、山、馬——に神性を体現させる霊的な眩暈《げんうん》に時折立ち戻る。サンティアゴ巡礼は、多神教の極たるアニミズムから、キリストの化肉まで、人類の信仰のあらゆる段階を繋ぎ合わせる旅である。カミーノは世界を再び魔術化する。その後、聖なるものの横溢するこの現実の中で、自分の再発見した霊性を、この宗教に閉じ込めるも、あの宗教に閉じ込めるも、また一切の宗教に閉じ込めないのも、各人の自由である。いずれにせよ精神は、肉体という回り道と様々な喪失を経験して、潤いを取り戻す。霊に対する物質の、信仰に対する科学の、彼方の永遠の生に対する肉体の寿命の、絶対的支配によって突き落とされた絶望を忘れることができる。突然、自分の中にエネルギーが流れ出すのを感じるが、そのことに自分でも驚き、かつそれをどう使えば良いかよく分からない。

この並外れた道のりを体験させてくれた商売熱心な女将にはどこまでも感謝している。サリメのダムまで降っていくとき、私はもう自分が前と同じ人間ではないと感じていた。確かに私はモーセのように律法の石板を携えて戻ってきたわけではないし、何らかの声から新たなコーラン、新たな福音を伝えられたのでもない。私は預言者になったわけではなく、ここで書いているどんな内容であれ、誰かを改宗させようなどというつもりはない。けれども、私にとってカミーノの神秘的頂点と言えるものの中で、現実が消滅し、現実の彼方にあるもの、被造物の一つ一つに拡散しているものを垣間見させてくれた感じがした。

仏教的な至福に、今や新たな充足感が加わった。このときほど世界が美しく見えたことはなかった。

森の中の出現

しかしながら、人はずっと頂上で暮らし続けることはできない——文字通りの意味でも、比喩的な意味でも。そこから降りて、人間たちに再び出会わなくてはならないのだ。サリメの人工湖を取り囲む深い緑の楢の森に入り込んで、私はそのことを行った。

夕方近く、森の奥で、私は奇妙な人物と遭遇した。私にとっての高き所から降りて、最初に目にした人間は、遠くから見ると森の精といった風体をしていた。古代人であれば、サテュロスか牧神か、森の神の化身を認めたであろう。しかし、近づくにつれて、この存在は牧羊神よりもバッカス神を崇めていることが段々と明らかになった。男はひどく酔っ払っていたのである。それは確かに巡礼者で、しかもその筋の本尊のような人だった。杖とか貝殻とか、伝統的なアクセサリーの一つか二つを身につけた巡礼者には頻繁に出会う。しかし、この人間はすべてを取り揃えていた。踝《くるぶし》まで届くような長いケープ、額の上で折り上げた帽子、至る所にピンで留めた聖ヤコブの十字、近所の魚屋で買ったようなものから金で仕立ててブローチにしたものまで、ありとあらゆる種類の貝殻。長い杖からは、中世のように、洋梨型の瓢箪がいくつもぶら下がっている。唯一の現代的要素として、背中に頭陀袋ではなく、リュックを担いでいる。しかしそれも薄茶色の生地の古めかしいタイプで、全体とミスマッチしていない。

顔は灰色の鬚で覆われ、辺りの森と同じように鬱蒼としている。前に立ち止まると、浮腫で腫れた眼窩に落ちくぼんだ青白い眼で私をしげしげと見た。両手で長い杖を持ち、その周りで体を揺すっている。

「ブエン・カミーノ」と私は声をかけた。

男は酔っ払いのうなり声を発した。何と答えたのかよく分からなかった。

「…ーテン・…ーク」

どうやらドイツ語らしい。私は学校時代の記憶を寄せ集めて、彼の言葉でいくつかの語を発した。すると頭を縦に振り、杖の周りで体をゆらゆらさせてから、ドイツ人か、と私に尋ねた。私のひどい文法と発音を考えれば、こんな質問ができるのは相当の酔っ払いだけだ。私がフランス人だと答えると、彼はその答えを長い間顎を動かして反芻した。突然、杖から片手を離し、節くれ立った人差し指を私に向け、胸を小突いて大声で言った。

「ドゥー・ヴァイスト、イッヒ・ビン・アイン・アルター・マン〔いいかね、私は老人だ〕」

私は賛同のため頭を上下に振った。相変わらずドイツ語で彼は続ける。

「何歳か分かるかね？　七八歳だ」

この表明に、私は驚きと賛嘆の表情を作って応えた。だが私は確かにびっくりしていた。この男がその歳で、森の中にたった一人、暑い盛りに、自宅から遠く離れて、何よりもコンポステーラからまだずっと手前にいることに……。急に、彼は酩酊しているのではなく、病気ではないかと考えた。太陽が頭に照りつけた結果かもしれない。精神的、さらには酩酊に似た症状を示す脳出血がある。必要なものがあるか、何か手助けができるか、と尋ねると、彼は杖にすがって、憤慨した様子で答えた。

「ナイン、ナイン、ナイン！」

人が聞いたら私が強盗でもしようとしていると思ったことだろう。私の手助けがまったく必要のないことを証明するために、彼はこう付け加えた。

「私はケルンから来た」

ケルン！　普通の巡礼者でもここまで到着するのに三ヶ月は要しただろう。それなのにこの歳で、これほど酔っ払って杖にすがっていたら……

「先に行け」と、男は大声で言った。「進め！　前に別の巡礼者を見かけたら、ギュンターか、と尋ねてみてくれ」

「ああ、一人じゃなかったんですね」

私の言葉には構わなかった。

「あいつを見かけたら、ラルフがもうすぐ来ると言ってくれ。ラルフは私だ」

私は挨拶をして離れて行った。時々、後ろを振り返った。相変わらず杖にすがったままで、まるでこの森に根を張ろうとしているかのようだった。それから視界から消えた。途中でギュンターという人間は見つけられなかった。道は森を抜け、サリメのダムの上に出た。暑さでたまらなく喉が渇いていた。湖を見晴らすレストランのテラスに腰掛け、アイスクリームを食べた。バスツアーの巡礼者たちが、室内で宴会を催していた。エアコンもきいているので、同じ室内に座ってもよかった。だが、ここで飼われている犬が、嫌そうに私の体を嗅ぎに来たし、清潔な殿方たちと、きちんと髪を整えたご婦人方に、浮浪者の匂いを押しつける勇気はなかった。山で二夜テントで暮らし、シャワーも浴びず、着替えも、もうなかった……

グランダス・デ・サリメの町に着き、拱廊に囲まれた美しい教会の前を過ぎ、大通りを進みながら、なんとしてもその夜の屋根を見つけようと心に決めていた。ガイドブックによると、煙草屋兼カフェが二室か三室、部屋を貸しているとのことである。シャワーを浴び、鼾の脅威なしによく眠り、服を洗濯する必要があった。部屋はカフェの正面の小さな家にあり、階下はカフェの主人と家族が住んでいるらしい。廊下には観葉植物があり、壁には宗教画が掛かっている。空いていた小さな部屋がちょうど良かった。窓が西向きである。沈む夕日に当てて、洗濯物を乾かす時間はたっぷりある。

私は丹念に体を磨き上げ、一番汚れていない短パンとTシャツを身につけ、ゴムサンダルを履いて町の様子を見に出かけた。びっくり仰天したことに、街で最初に見かけた人物、カフェのテラスに座っていたのはラルフで、帽子も巡礼者装束も身につけていなかった。ドイツの農民が着そうな縞模様のシャツだけを着て、ズボンには幅広のサスペンダーが付いている。正面に同じ歳格好の男が座っていて、これが例のギュンターだろう。

彼らの前の鉄製の小さなテーブルには二つの大ジョッキが載っていた。ラルフがここに着いたのも、聖ヤコブの起こしたもう一つの奇跡であろう。しかし、ジョッキに満ちた泡立つ黄金色の液体も、彼の復活に力を貸したに違いない。

ガリシア！　ガリシア！

翌日は記念すべき日だった。ガリシア州に入ったのである。スペインの最西端の地方は、聖ヤコブの遺骸が発見された場所である。コンポステーラが巡礼の目的地であるが、ガリシア州全体が、聖人の奇跡的存在から威光を与えられている。ガリシアに入るということは、目標が目と鼻の先にあるということである。アストゥリアス州には大いに共感を覚えていたが、早くそこを離れて、旅の最終局面に入りたくてたまらなかった。

鍛え上げられた巡礼者はもはや欲望を持たない、と私は言った。ここからまだ一ヶ月歩かなければならないとしても、不平を言わずに甘受したであろう。しかし、熱望がないということは感動がないということを意味しない。目標に近づくにつれて増大する気持ちの高ぶり、幸福感、心の平安は、巡礼途上で得られるもう一つ別の発見である。ここまで至る前、まだ数百キロを隔てている間、コンポステーラというのは一つの単語に過ぎず、サンティアゴは混乱した夢想の曖昧な対象であった。しかし前に進んでいくと、やがてその存在が実感されてくる。思索や空想ではなく五感の対象となる空間、具体的な空間の中にそれは見出され、現れてくる。それを目にし、手で触れられるようになるのである。

アストゥリアス州は素朴な景色と標高の高さによって、目標から最も遠く感じられる行程である。ところが、その後に続くガリシアは逆に、目標に最も近づいたと感じられる。したがって一つの地から別の地への移動は、強い象徴的意味を持つ。

その境界が具体的にどのような形を取るのか、私は知らなかった。それはアルト・デ・アセーボの峠、カミーノがゆるやかに蛇行する、植林された勾配の先にある。峠に達するずっと前に、海から流れて来た雲の上に屹立する最上部が望める。この峰に沿って風力発電機が一列に並んでいる。逆光を受けて、高い鉄塔が紺碧の空に黒く見える。天と地の間に付けられた縫合の跡のようだ。その羽根は、二つの世界をしっかり繋ぐため糸に付けた結び目に似ている。それはまるで、巨人が水平線をメスで切り開き、内蔵手術をした後、手早く縫い合わせたかのようである。

疲れ切った徒歩巡礼者の頭の中で、このようなメタファーを思いつくと、一歩ごとに展開して練り上げられていく。しかし夢想が続くのも鞍部に到達するまでのことである。近くで見ると巨大な風車は機械としての本性を取り戻す。太い脚がコンクリート製の台座にめり込んで地面に固定されている。大きなプロペラが悲痛なうなり声を上げる。現代の風車に粉挽き職人はいない。〔『風車小屋便り』の〕アルフォンス・ドーデよりも、〔SF作家の〕H・G・ウェルズを思い起こさせる。その下を通る人間はへりくだって身を屈める。環境に優しいエネルギーを作るというこの機械は、暴力的で、傲慢で、凶悪である。畑の真ん中や山の頂にあると、侵略とか脅威とかが迫ってきたときの奇妙な感覚を覚える。あたかも産業社会から逃れて来たこの怪物たちが、まだ自由を謳歌していた自然に侵入してきて、自らの掟を押しつけているかのように。

峠の向こう側でカミーノは再び下降し、風車を背に歩くことになって、すぐにほっとする。地平線には、ここまで見てきたのと変わらぬ青みがかった遠景が広がっているが、ただ一つ違っているのは、そこがガリシアという名で呼ばれているということである。

峠を登る間、二、三百メートル前方にもう一人巡礼者がいるのに気付いていた。同じような足取りで歩いていたので、二人の間の距離は変わらないままだった。しかし、峠を降りて行くと、その人が立ち止まっているのに気付き、やがてその場所に着いた。五十歳ぐらいのスペイン人で、重役風な体型、鼈甲縁の眼鏡、ラコステのシャツ、デニム地の短靴といった出で立ち。道沿いで私を待っていたが、そこは特に注目すべき場所とは思えなかった。しかし、地面に描かれた線を彼が指差すと、それは路肩に立つセメント製の標識から発していることが分かった。

「ガリシア！」と、相手は目を輝かせて告げた。

彼は線の手前に立っている。同じところまで到達すると、私に手を差し出した。私はその手を握ったが、彼は挨拶のためにこの動作を行ったのではなかった。線を一緒に越えようという提案を、どうにかこうにか説明してくれた。そこで、細い境界線の前に手を取り合って立ち、両足を揃えてサンティアゴの土地に向かってジャンプした。線の向こう側に入るとスペイン人は歓びを顕わにし、私を抱擁して再び歩き始めた。その後この人とは会っていない。

その代わり、峠の下で思いがけぬ幸運な出会いをした。石積みの建物の中に小さなバルがあって、巡礼者たちを迎え入れていた。カウンターはビールジョッキ、ペナント、絵葉書といったありとあらゆる種類の土産物が雑然と置かれていた。主人が会計をするたびに、レジについたベルが大きな音を立てた。あたりは山の陰になっていて風は冷たく、私は暖を取ろうとバルに入った。そこでボカディージョをほおばっているマリカとベルギー人を発見したのである。再会の喜びに抱擁。すぐに私は同じテーブルに着き、ここ数日の行程について話を聞いた。

ホセとラモンの姿は無かった。ホセは、出発時から嘆いていた膝のせいで旅を断念していた。かつて数々の記録を打ち立てたはずのラモンは、脱落していた。仏教的段階に到達した巡礼者が示す、意図せざる残酷さのせいで、マリカは自分に忠誠を尽くす騎士の挫折に対して、まったく無関心だった。明らかな事実——自分が語ったことはみな作り話とほらであるということ——を容赦なく突きつけられたラモンの悲しみがある程度想像できた。彼の突き出た腹、短い足、せわしない息づかいは、美しきモルダビア女性に抱いた恋を打ち砕いた。まだカミーノを歩いているとしたら、ひっくり返ったコガネムシと同じくらい無力さを感じているだろう。私は苛立ちのあまり彼を嘲笑していたが、今や本心から哀れに思え、彼のおしゃべりが顕わにしていた苦しみのほどを推し量った。

この悲劇にも他のすべてに対しても無関心な美女と青年は、欲望のもたらす幻想から醒め、現実の持つ魔力からも解放されて、新たな元気を得て道を歩み続けた。ガリシアに入ったからである。

私たちはバルのほっとする温もりの中で長い時間留まり、互いの姿を見失った後のそれぞれの道を詳しく語り合った。ラルフについて私が話すと、二人は笑いながら何度か会ったことがあると明かした。直近はその朝のことで、今いるカフェに彼らが到着すると同時に、出て行ったという。

「え、じゃあ、我々より前にいるの？」と私は大声を上げた。

「ええ、仲間のギュンターと一緒に」

明らかにこの妙な巡礼者には秘密があった。森の中に取り残され、杖にすがって体をゆらゆらさせ、どう見てももう進めない状態にあったことを思えば、元気いっぱいの若き巡礼者たちに最終的に追いつき、さらに追い越すなどということはとても信じられなかった。このような快挙はビールの力だけで説明できるのか。

昼前になって私たちは再び歩き始めた。薄日が背後の山の上から差し始め、北風の寒さをいくぶん和らげてくれた。

カミーノはガリシアの急勾配で人里離れた高地を横切っている。ベルギーの若者は、巡礼者をほとんど見かけない自分の国とフランスを歩いたときのことを話してくれた。この二一世紀の初めに、至る所で思いがけず熱い歓迎を受けたという。村人たちは、果物や卵を頒けてくれて、コンポステーラで自分のために祈って欲しいと頼んだ。テレビとインターネットの時代に、巡礼者は思想や人間の交流を体現し続けている。メディアが代表し、警戒心やさらには不信さえ引き起こすバーチャルで速成の事柄と正反対に、巡礼者の動きは確かなものとして存在する。それは靴底にこびりついた泥や、シャツを濡らす汗によって証明される。信頼に足る存在である。自分の魂の一部を委ねるとか、この世と自分の運命を支配している目に見えぬ力にすがるという段になれば、巡礼者は今も唯一頼りにできる相手である。

若者は、コンポステーラで祈るときのために渡された多くの品物をリュックに入れて運んでいた。彼自身は信仰を持っているとはとても思えず、宗教に対して皮肉めいた疑念を表明していた。しかし、こうした奉納の品を手元から離さず、メッセンジャーとしての責任を誠実に果たすつもりでいる。サンティアゴでは、頼まれた数の分だけ蝋燭を灯し、その前に絵や写真やメッセージを置いて、聖ヤコブを崇める人たちの気持ちを聖者に伝えるだろう。リュックの重さは十八キロに近づいていたはずだが、個人の持ち物は極めて少なかった。二ヶ月半の彷徨の末、もはや担いでいるのはリュックではなく、むしろサンタクロースの袋であった。

高地ガリシアの道沿いには、空積みの石壁に苔の生えたスレート屋根を載せた建物が稀にあるだけだった。畑の囲いも、大きな石を立てて地面に突き刺し、本物の壁のようにしていた。このアルカイックで野性的な石垣は、原始の耕作者たちの時代に人を引き戻す。巡礼者は、キリストや聖者の時代よりもずっと前、古代よりもさらに昔の、先史時代にまで遡ったような感覚を受ける。いくつかのキリスト教的シンボルは、この辺境の地まで到達することに成功したが、同じような石の堆積の下に隠れている。こうして私たちはいくつかのエルミタとすれ違った。お定まりの聖母マリアの絵、鉢植えの花、人間の体内のような赤く鈍い光を室内に投げかけている蝋燭――これらが分厚い石屋根のゴツゴツした皮膚に守られている。

　鞍部が蛇行する部分で、昔の巡礼宿の遺跡に出会った。この廃墟は、食料品店の女将が教えてくれた別ルートにあったような残骸ではなかった。かつての建物の様々な部屋の在処が今でもはっきり分かる高い壁であった。一切漆喰は用いず、玄武岩の切石を積み上げただけの壁である。黄褐色の石の間を冷たい風が吹き渡り、この場所の峻厳な雰囲気を高めていた。しかしその場所は陽気さに溢れていた。スペイン人の団体が笑いながら、遺跡の中で写真を撮り合っていたのである。女も男も日に焼けて、蛍光色の鮮やかな服を纏っている。私たちは彼らと一緒に歩き始めた。一行はカナリア諸島に住んでいて、オビエドから出発したと明かしてくれた。この強烈な寒さこそ、島のぬるま湯的な気候を忘れるために、正に求めていたものだとも。

　もう少し先の、森を出た谷の窪地にある巡礼宿に、私たち皆は呑み込まれていった。食卓で他の巡礼者たちとも再会したが、みな寒さで頬を赤くして、温かいココアを飲んでいた。私たちのように遠くから来た者にとって、このガリシアの区間はすでに旅の終わりが近いことを意味していた。一方コンポステーラに到達するためだけに近郊から出発した人々はまったく疲労しておらず、無頓着で、陽気で、溌剌としていて、彼らと一緒に歩む最後の区間がどのようになるか、想像が付いた。それは、短期間の、若々しく、遊びめいた性質のものになるだろう。例えば、パリから数日間で到着するシャルトル巡礼のようなものだ。しかしながら、この最後の高地の荒々しさは、長い距離を歩く巡礼の苦労を思い起こさせて、峻厳な重々しい雰囲気を与え、こうした陽気さと対照的であった。

これらのにわか仕立ての巡礼者たちに囲まれて、おそらく私たちは三人とも、カミーノの神聖な伝統を担っており、そのため自分自身にとっても見知らぬ他人、幸せな幽霊のような存在になっていたのだろう。他の皆にとっては夢と現実を分ける厳密な境界から自由になっていたせいか、私たちは最後の数日間、ずっと一緒だった。

こうして、この荒れ果てた土地では、すこぶる陽気な雰囲気がつきまとった。私たちは村の小道を冗談を言いながら歩いた。村は人口の割に広くなりすぎ、灰色の石とスレート屋根の建物には老人しか住んでいないようだった。私たちを見て興奮した犬たちが力の限りキャンキャンと吠え、その鳴き声がもの悲しく壁に反響した。ポルトガル語に近いガリシア方言が看板に現れてきた。神々から見放されたこの土地には二つの動きしかないようである。若者の流出と老人の帰郷である。がらんとしたカフェは、出稼ぎ先のパリのレ・アールやポルト・ド・ラ・シャペルを心の痛みと共に懐かしむルノー公団の元労働者たちが経営していた。巨大な教会が、人口も多く信仰心も熱烈だった遠い昔の記憶をとどめている。今では不釣り合いになってしまったこうした建物は、村人たちに誇りと気詰まりの感情を引き起こす。誇りというのは土地の栄えていた過去を思い起こさせるからである。気詰まりというのは、高価すぎる土産を持参して、相手を立てるよりも卑屈にさせる客を前にしたときの気詰まりである。

私よりは鼾の被害を感じない我が同行者たちは、いくつかのアルベルゲに泊まった。私はこの寒々しく湿気の多い地方でつらい野宿を経験した。最後に、別れる前の晩、三人一緒に小さなホテルに宿泊した。実際はバルの上にいくつかの部屋をしつらえただけの宿である。部屋自体は明るく近代的であったが、窓から見えるのは気分をひどく滅入らせる陰鬱な景色だった。一台も車が通らない道、雨のしずくが滴り落ちるリンゴ畑、扉がイバラで塞がれている石積みの倉庫。

寝る部屋に別れるときにちょっとした躊躇《ためら》いがあった。男二人が一緒の部屋になるか、男女が一緒になるかの選択肢があったのである。後者の場合、誰がマリカと同室になるのだろうか。最終的に、明言はされなかったが、年齢基準が優先された。若者たちが譲ってくれて、年上の私が個室でゆったりすることになった。

翌朝、二人は非常に朝早く出発したがったが、私にはたっぷり時間があった。次の宿泊地で、かなり遅めの時間に、妻のアゼブと合流することになっていたのである。しかし、別れの挨拶をするため、彼らと同じ時間に起きることに決めた。

私たちはコーヒーを飲める場所を探し始めた。朝のこの時間では、街は日中よりさらに人気《ひとけ》がなく、店は皆閉まっていた。とうとう、彼らは空きっ腹をかかえたまま出発することに決めた。私たちはホテルの傍の石の階段に腰掛け、互いの住所を交換した。そのとき、一つの神秘が解明された。

村の本通りをタクシーがゆっくりと上ってくる。積み荷が重そうな感じである。私たちから数十メートル離れたところで停まった。ドアはすぐに開かなかった。車がゆらゆらと揺れている。運転手が後ろを向いたのは料金を受け取るためであろう。突然、片側のドアが開き、降りてきたのは……ラルフとギュンターであった。私たちはとうとう、二人の男が常に前を歩いている秘密を知ったのだった……

古代ローマの夜

妻のアゼブはエチオピアに生まれた。標高のせいで太陽の熱が和らげられる高原地方の出身である。彼女の国は何人かの極めて優秀な長距離走者を輩出し、国民全体が歩くことに慣れている。三十年近く前からフランスに住んでいるアゼブも例外ではない。カミーノ全体を歩き通すことはまったく問題ない。しかし、私ほどこのテーマには惹かれておらず、これほどの試練を自らに課す理由が見つけられなかった。わざわざやって来たのは、ただ再会して一緒に何日間か歩くためであった。そのため、最後の百キロを踏破すべく、ガリシアで会う約束をした。便宜上待ち合わせの場所としてルーゴを選んだのは、列車で比較的簡単に来られるからであった。そこで何が待ち受けているかについて、予想はしていなかった。

ルーゴは丘の上にあり、場所によっては高さ十から十二メートルに達するローマ時代の城壁で囲まれている。ほとんど手つかずのまま完全に残る、これほどの城塞を誇る都市は、世界でも珍しい。ユネスコの世界遺産に登録されたのも当然である。

古代との関係が常に伝えられる住民たちは、毎年六月、「ローマ祭り」を開催することを思いついた。週末に行われる祭りの間、住民は古代ローマ人の服装をするよう促される。コスチュームの準備は一年間かけて念入りに行う。近隣の町や、最近は全欧からやって来る参加者の数が毎年増え続け、その人々も変装のための服を持参する。その結果、町は二日間、漫画の『アステリックス』からそのまま出てきたような数千の男女で完全に占拠されるのである。

人間の心情からして、ローマ人に扮するにあたって選択肢が与えられれば、奴隷の服を着る人はめったにいない。想像上で皇帝になりたがる。そのため、私が妻と再会するために入った街は、シーザーとネロで溢れかえっていた。というのも、私たちが出会う約束をしたのは、たまたまローマ祭りが開催される、正にその当日だったからである。

私たちはそのことをまったく知らなかった。アルフォンソ二世王が西暦八二九年にしたように、プエルタ・デ・サン・ペドロの門から城壁をくぐると、風景は非常に趣があった。しかし、五人目のクレオパトラとすれ違った後、私は自問し始めた。一人の百人隊長を引き留め、説明を求めた。完全に人物になりきっている男は、兵士らしい態度で教えてくれ、腕をぴんと伸ばして挨拶をした。

妻の方は、本を読んで中世の世界に入り込む心の準備ができていたので、ルーゴで列車を降りたとき、タイム・マシンで降りる駅を間違えたのではないかと思った。

市の立っている広場で私の姿を見たときも、事情がよく飲み込めなかったようだ。なぜなら、巡礼者はどの時代の存在でもないからである。汚れた服、やつれた顔、泥だらけの靴、鬚もじゃの存在は、古代ローマにも、中世にも、さらに現代にも存在できる。なじみがあると同時に、見違える存在でもある。

おずおずとした抱擁の最中に自分が垢だらけなのを意識したが、その後マロニエの木の下のテーブルで、薄着の女性貴族たちや陽気な元老院議員たちに囲まれてコーラを飲んだ。ローマはもちろん、均整のとれた建物や雄弁な演説者をもって賛美されている。しかし、そうした教科書的な記憶は、万人の無意識に訴えかけるもう一つの評判によって覆い隠されてしまう。それは酒色と淫蕩の都である。男性たちのトガや女性たちのヴェールが、ローマ祭りが始まる時間から一晩中そのまま身に纏われたままであることはなかろうと感じられる。大半の皇帝たちは、日が落ちる前からグラスを手にしている。この祭りの成功は、ひとえに夜の暑さにかかっているのである。

再会できた嬉しさはあり、長い間離れ離れだったせいで私たち自身も気分は高まっていたが、周りのカリギュラたちのようにリラックスすることはできなかった。なぜなら、以前の自分を見慣れている存在と再会してしばらくの間こそ、巡礼が自分にもたらした変化を最も痛切に感じるからである。

このすれ違いは、あらゆる領域で感じ取れる。最も明白で、同時にさもありなんと思われるのは、むろん心理的側面である。巡礼者は、新たにやって来た者とは時間感覚が異なる。巡礼者はだらしなくたるんだイメージを醸し出しているのに対して、相手は落ち着きなく短気に見える。それでも、こうしたことはすべて、多分に表面的である。巡礼者は、以前の生活を取り戻した暁《あかつき》に、カミーノの効果が消滅することが分かっている。それに対して、変化がもっと深くて長続きする領域が一つある。一見して些細な事柄のようだが、リュックのことである。

カミーノに新しくやって来て、おまけに長い距離を踏破するつもりが無い人にとって、リュックは単なる……リュックである。長い間歩いてすでに熟練した巡礼者にとって、リュックは相棒であり、家であり、持ち運んでいる世界である。一言で言えば、自分の人生なのだ。一歩歩むごとに、肩ベルトはリュックを肉の中に食い込ませている。この荷物は自分の一部になっている。下に置くときも、決して目を離さない。

新しく歩き始める巡礼者が、リュックの嵩《かさ》も重さも考慮せずに雑多な、しばしば余分なものを無造作に詰め込んでいるのを見ると、鍛えられた巡礼者は恐れに近い不安を覚える。なぜなら、何日間も歩いているうちに、荷物を構成している一つ一つの要素について、重みを――文字通りの意味でも比喩的な意味でも――計ることを覚えるからである。

出発前、私はほぼ偶然に、「超軽量歩行marche ultralégère」すなわちMULを扱うインターネットサイトに行き当たった。これはサイトの責任者たちが、技術的なアドバイスを振りまくだけのサイトではないということがすぐに分かった。彼らのアプローチはもっと包括的で野心的なものであり、ほとんど哲学の様相を呈していた。MUL思想の大原則は一文で言い表すことができる。すなわち「重さ、それは不安の現れである」というものである。

この運動の信奉者たちにとって、何より重要なのは、荷物という概念、さらにそれを越えて、所有ということの必要、目的、心配について思索を巡らすことにある。「重さ、それは不安の現れである」、ここから出発して、各人が熟慮するよう促される。セーター——必要である。二枚持っていく——なぜ？何をそんなに恐れているのか。寒さは本当に脅威なのか、それとも、この問題について神経質になっているのは自分の無意識のなせる業ではないか？

ＭＵＬ運動の信奉者たちは、およそ不合理な恐れをすべて捨て去ろうという意志を徹底する。彼らのサイトには、一つの品物でいくつかの（本当の）必要を満たすための創意工夫が溢れている。かくして、テントに変えられる雨合羽、ダウンジャケットになる寝袋、リュックの間仕切りとして使えるシートなどが見つかるだろう。器用に工夫することで、ビール瓶をコンロに変えたり、テニスボールを入れておくネットでリュックを作るための独創的な方法も学ぶことができる。歩行の距離や気候に合わせた荷造りパターンもサイトに載っている。こうして、六キロ半の荷物で五ヶ月歩き回る方法、四キロか五キロ以上は持たずに中程度の山で野宿する方法、十五キロ以上は担がずに、十七日間でアイスランドを無補給で横断する方法などが学べるのである。

私は好奇心と、正直なところ多少見下した感じとでこのサイトを眺めていた。少数派集団の冗談めいた突飛な思いつきにも見えたのである。それでもいくつかのアイデアは採用して、リュックにTシャツと靴下を詰めながら自分の不安を笑い、我ながら準備は万端だと思い込んでいた。

しかし、カミーノに踏み出したとたん、すべてが一変した。スペイン人が〈モチーラ〉という可憐な名で呼ぶリュックは、すべてのジャケにとってと同様、私にとって片時も離れぬ相棒となった。この相棒は、二つの別々の、対立して矛盾する様相を帯びる。口を開けているとき、モチーラは宝物を広げて見せる。テントのシートやホテルの部屋の床の上に置かれたときは、使えるものはすべてそこにある。着替える、身繕いをする、体を洗う、気晴らしをする、行き先を定める――こうしたすべての機能が、モチーラから引き出された品物によって果たされるのである。

しかし夜明け、また出発しなければならないとき、この雑多な品が、リュックをあまり重くせずにすべて収まらなければならない。

こうした通常の配慮に、私にとっては背中のずきずきする痛みが加わった。古傷の後遺症で、数ヶ月後には外科手術を受けるに至った痛みである。神経根を圧迫する椎間板ヘルニアが、リュックの位置を正そうとして肩ベルトを掴むたび、警報ベルのような作用をした。そのため、重量に関する強迫観念は、すぐに暴君的な性格を帯びるようになった。町に着くたびに、今度は真剣に、運んでいる品物をじっと眺め、必要不可欠なものかどうか、正直に自問するのである。このような検証に乗り出す巡礼者が使える貴重な道具が二つある。ゴミ箱と郵便局である。前者は、問題となる品が大して価値がないときに、厄介払いするために投げ入れる。大事なものであれば、箱の中に詰めて、自分自身に宛てて郵送する。かくして、私は家に帰ってから自分の調理道具とキャンピングガスとに再会した。メヌー・デル・ディア〔日替わり定食〕が安くてボリュームがあり、人間の普遍的権利の中に入っているような国では、これらをリュックに詰め込んだのはまったく無駄であった。

この段階的放棄、モチーラの剪定作業は、全区間を通じて続けられた。自分の心配に対する考察は冗談の種ではなくなった。重大な問題として扱うようになったのである。例えば、自分が寒さに対してまったく非合理な不安に囚われていることに気付いた（その結果、他に代わりがなかったので高山用の寝袋を旅の間ずっと後生大事に持っていたが、初夏のスペインでは完全に場違いであった）。逆に、飢えと渇きについては、無意識的な不安に至るまで解放されていた。実のところ私は山歩きの際に食事をまったく摂らないし、医学的な勧告に逆らって、本物のラクダのように水を飲まずに歩く。

こうした精神分析的な意味合いのある詳細にはこれ以上立ち入らないとして、もう一つ言えるのは、私が腋の下の匂いについて極端に敏感であるということである。そのため常に消臭剤と着替えのTシャツを持参していたが、一方で足を洗わないことについてはかなりの程度耐えられた。こうした詳細は、せいぜい読者の無関心か、下手をすると嫌悪を引き起こしかねないことは承知しているので、この問題についてはこれ以上考察しない。ただ、こうした確認作業は、無意識へと通じる扉であり、各人が自分自身について検証に乗り出せば、きっと得られるものがあるということは言わせてもらいたい……

いずれにしても、カミーノが長く延びるに従って、〈モチーラ〉は痩せ細っていき、粗食による均整のとれた体形が完璧なものに近づいていく。

この自己検証を済ませていない人と突然一緒になると、衝撃はそれだけ大きくなる。妻が屈託の無い笑みを浮かべて次の言葉を発したとき、私はひっくり返りそうになった。「実は出発前に化粧道具を選ぶ時間が無くて、道具入れをそのままリュックに入れてきたの」

　周知の通り、化粧品製造業者の才能は、中身が見えぬほど分厚いガラス瓶に微量の化粧液を詰め込む技術において十全に発揮される。一瞬、親愛なる伴侶を自らの不安の検証へと促したいという誘惑に駆られたが、彼女が美しいままでいるための手段を使えた方が望ましいと考え直し、でっぷり太った化粧道具入れを私の痩せたモチーラに詰め込んだのであった。

道に迷う

ルーゴは旅の終点に近い。サンティアゴまで残りの区間は少なく、カミーノはその最後の部分で、有名な〈フランス人の道〉と合流する。巡礼者たちのメインストリートであり、最も直線的で最も多くの人が辿り、毎日数百人が歩き出す道である。私はこの道との邂逅を恐れていて、〈北の道〉の静寂を捨てる決心ができなかった。最後の数日間だけ私と一緒に歩く妻は、その静寂をほとんど味わえないことになる。〈フランス人の道〉の群衆の中にすぐさま飛び込ませるのは本当に残念だった。この不愉快を避けるため、もしくは少なくとも遅らせるため、私は自分の持っている危険な欠点に身を委ねてしまった。悪いとは重々承知していながら、あまりにも楽しくて、どうにも抗えない欠点——私は近道をするのが好きなのだ。家族は皆、この悪癖がもたらしかねなかった災いを知っている。少し距離が短くなるとか、新しい景色を発見できるとか、もしくはさらに偽善的に、時間を節約するという口実の下、私は身内や友人たちを〈近道〉なるものに同行させたことが何度かある。それらは結局、しばしば本道よりも長く、困難で、さらには確実に悪夢と言えるようなものに化してしまう。個人的には、そうした失敗は気にならない。私にとって近道は冒険なのであり、何が起ころうとも、楽しい。だが私を信頼して後ろについてきてくれる人たちにとって、そうした波乱はたいてい、全然面白くない。安心しきってついていった人物が、完全に道に迷うことがあるという事実に、突然気付くのである。こうした状況下で機嫌の良さを見せ続けても無駄である。道がなくなり、藪をかき分けて進みながら鼻歌でも歌っていると、頭がおかしくなったと思われるのが関の山である。

それゆえ、ルーゴを発つにあたってカミーノの別ルートを辿ろうと妻に提案したときも、この欠点は十分意識していた。別ルートという言葉も、ましてや近道という言葉も使わなかった。どちらの単語も妻を警戒させるからである。ただ、二つの可能性があって、より興味深い方を選ぼうと主張した。

こうして私たちはカミーノの枝道を出発したが、それはかつての連れ、モルダヴィア女性とベルギー青年から聞いたものだった。彼らは地図上でこの別ルートの出発点と到着点を示し、標識はしっかり付いていると請け合ってくれた。

その一番のメリットは、〈フランス人の道〉を歩くのが最後の一区間だけになるということである。私たちが出発したときは非常に暑かった。アゼブはまだ元気いっぱいだった。残りの距離がゆっくりしか減らないことにもまだめげていなかった。頭をくらくらさせるような、例の〈キロメートル〉表示も、短く感じる段階にあった。「もう一キロも歩いた！」これが新米巡礼者の叫びである。それに対して、熟練の巡礼者にとって、暗く押し殺した声で発する口癖はむしろ「このキロメートルって奴はいつまで続くんだ！」というものである。

肉団子に毒が仕込まれているように、良い天気はドラマを包み隠している。雲一つ無い空、短く刈られた黄金色の小麦が覆う大地、碁盤目状の畑に置かれた黒と白のビニール袋をかぶせた牧草の玉、リボンのようなアスファルト道路が描く美しいカーブ、すべてが相俟って、景色に優しさと安心感を与えていた。私は何の不安の色も見せずに別ルートに踏み出した。最初のうちは、すべてが最高にうまくいった。等間隔で現れる黄色い矢印と、貝殻の印を嵌め込んだ標識が、かつての道連れたちの言が正しいことを証明していた――別ルートには標識が付けられている。ところが！　数キロメートル歩くと、マークがはっきりしなくなってきた。私は困惑の素振りを見せず、男らしく頼りがいのある様子で、歩く方向を躊躇いなく示した。その結果農家の庭に入り込んでしまい、文字通り首かせの外れた二頭の大型番犬が歯をむき出して私たちを迎えてくれた。アゼブは人生で怖いもの無しだが、犬だけは別で、大慌てでUターンした。私は彼女を追いかけ、大したことではない、ちょっとした不注意だ、と言った。

最初の分岐点で、私は別の方向を選んだ。だが、明らかな事実を認めるべきだったのだ。そこにも巡礼路の印はないし、十字路は不確かだし、どれもこれも似たような道で、地平線の先に目印となるものも無い。私たちは見事に迷ってしまった。

大丈夫だ、とは口にしながらも私の態度には、いくぶん狼狽が見て取れた。私のことをよく知っている妻は、いつもの病気の最初の兆候を感じた。「また近道を選んだの？」と、アル中患者がまた酒に手を出したことを責めるときの、悲しげな調子で言った。私の困惑した返事を聴いて彼女が論理的に出した結論は、またもや、しかも歩き出した第一日目にして、ガレー船に乗せられてしまったということだった。

私は自分を弁護してくれる証人たちを何人か、法廷に呼び出すことにした。地図を取り出し、これまでの途上で大半が破り捨てられたガイドブックをこねくり回した。こうした動作によっても現実は覆い隠すことができなかった。私たちは自分がどこにいるか分からなかったからである。時は真昼で、道には人っ子一人歩いておらず、集落は住民がいなかった。喉の渇きが私たちを苦しめ始めた。やっとのことで、道が交差する地点に到達した。アスファルトの道で、標識には地図に掲載されるくらい大きな村の名前が書いてある。だがしかし！　その村は〈フランス人の道〉上にあり、こうした状況下で正常心を失っている私は、迂回路にこだわった。でたらめの雄弁を発揮して、別の方向に進むことをアゼブに納得させた。そこから、最初宿泊するつもりだった別ルート上の村に着くはずである。疑心暗鬼だった妻も承諾し、ほとんど木陰の無い路肩を進み始めた。道はまっすぐで、ゆるやかな起伏が果てしなく続いた。辺りの木々は最初は密生していたが、まばらになり、やがて真上から照りつける日差しを防ぐものは何も無くなった。一つ目の嘘は効き目があった。丘の上に出れば、今晩泊まる村がやがて見えるだろう、と私は言ったのである。しかし、その丘の上からは、別の丘が見えただけだった。辺りには一軒も家が無く、陽光に焦がされた単調な畑が広がっている。悪いことには悪いことが重なるものである。ただでさえ道に迷って暑いのに、水を十分持っていなかったので喉の渇きがやがて加わった。これ以上〈モチーラ〉を重くしない、という意図は賞賛せらるべきものであった。だがその結果、最後の一滴を飲み干してしまうと、たちまち二人の間に不安と不機嫌が広がった。三つ目の丘の上では嘘も種切れとなり、水が切れてから大分時間も経っていた。そのとき嵐が巻き起こった。私たちを生き返らせくれる空の嵐ではない。もっと恐ろしい、夫婦間の嵐である。

役立たず。なぜ普通の道を行かなかったのか。あなたは信用できない、エトセトラ。

一瞬にして、私の巡礼者としての経験は崩れ去った。この誤りの何が恐ろしいかというと、私たちを道に迷わせただけでなく、私の旅全体に対しての信用を失わせたことである。私が何を言おうとも、この輝かしき無能の証明は、私がまだアマチュアに過ぎないということを示していた。

私たちは道端で激しい口論をした。相方の手にあるトレッキングポールが、私を殴り倒すために使われるのではないかと一瞬恐れた。やっとのことで、引き返すのを諦めることを彼女に納得させた。歩きながらヒッチハイクをするという条件で、歩き続けるという許しを得た。それは大して意味の無い譲歩であった。というのもこの暑い時間帯にほとんど車は通っていなかったからである。そこで私たちはほんの慰め程度に、親指を立てつつ歩みを再開した。車が二台、私たちを無視して、全速力で通り過ぎた。相変わらず視界に村は無い。やっと、長い時間が経った後、背後の地平線上に、のろのろと走ってくる車が見え、近づくとそれはトラックだった。奇跡的に、その車は停まってくれた。車内は狭く、座っていた二人の男性が、席を詰めて私たちを乗せてくれ、リュックは膝に載せた。私たちは救われた。しかしながら、すぐに私たちは新たな不安に襲われた。カーブにさしかかるたびにトラックは危なっかしく左右に揺れ、背後から騒々しい音、立て続けの鈍い衝撃音が聞こえてくるのだった。運転手はハンドルにしがみつき、大きな動作で苦労して進行方向が逸れないようにしていた。いくつか知っているスペイン語の単語を寄せ集めて、この小さなトラックは何を運んでいるのかという質問を乗組員に理解させた。

「雄牛三頭」

哀れな牛たちは、カーブのたびにパニックになり、トラックの床に全体重をかけて蹄《ひづめ》を打ち付けていたのだ。

そのことが明らかになって私たちは沈黙した。荒れ狂う一トンの獣たちがもたらす振動にもめげず、まっすぐ車を進ませている運転手の苦労が、よく察せられるようになった。景色はゆっくりと流れていった。風景は素晴らしかったが、何よりも一つの事実を明らかにしていた。もし私たちが歩き続けていたら、最終的に目的地に到達するまで、何時間も苦しまなければならなかったということである。向かった村は予想したよりも大きく、村内を通るのにもさらに時間がかかったろう。

ようやく、中心の広場に到着した。雄牛たちは私たちの到着を祝う最後の蹄音を響かせ、ついでにフラメンコの起源についての仮説を私たちに思いつかせてくれたのであった。木陰のベンチに座っている男たちが、車から降りる私たちを眺めていたので、このような状況にあるにも関わらず、自然な素振り、さらには威厳をも保とうと努めた。大きなトラックは牛たちと一緒にまた出発した。私たちは救われた。

フランス人の道

私はその小さな町にあるただ一つのペンションを予約しておいた。それはカフェの二階にあり、主人が部屋まで案内してくれた。息の詰まるような小部屋で、へこんだダブルベッドと、古ぼけた箪笥が置いてあった。主人が階下に降りていくとすぐ、私たちは大急ぎで窓を大きく開けた。ところがそこには、喉の渇き、彷徨、雄牛たちに続いて、我々の気力を完全にくじく最後の驚きが待っていた。窓は壁に面していたのだ。距離は約三十センチ。これなら掘っ立て小屋のように、窓にブロックを積んだ方が良かったのではないだろうか。光も空気も入らないのは同じことだ。

私たちは、ベッドの右と左に別れて座った。その瞬間、巡礼者が味わう究極の孤独とは何かが分かった。それは二人連れで、相方がまだカミーノに慣れていない場合に感じる孤独である。

私はあえて最後の弁解を試みた。

「もっとひどい目にあったかもしれない」と思い切って言ったのである。

アゼブは疲れ切った視線を私に向けた。

「……野宿するよりはましね」

彼女は肩をすくめ、私たちはゲラゲラと笑い出した。聖ヤコブは私たちの悲嘆を見そなわし、恩寵を送り届けて下さったのだ。

*

道に迷ったことにはしかし、良い面もあった。カミーノの最後の数区間で野性的な自然を味わい、群衆を避けることができたのである。というのも、古典的な行程でサンティアゴに近づいていくと、巡礼の雰囲気が変化するからである。努力して遠くから歩いてきた巡礼者は、仕事が終わる頃やって来て同じ報酬を受けようとする人々の波に少しずつ呑み込まれる。彼らは、バスか飛行機かヒッチハイクか列車か、あるいは空飛ぶ円盤でやって来て、それでも最後の何キロかは歩いて、コンポステーラには本物のジャケとして入ろうとする人々である。

私たちは、この閑散とした別ルートでこうした雑踏を恐れる必要がなかった。再び道に迷うのを避けるため、地図上で念入りに行程を準備しなければならなかった。かつて私を信用して痛い目に遭ったアゼブは、毎朝その日の予定を明らかにするよう私に強要した。正確な標識がないので、自動車道路の確実性に頼ることになったが、幸いにもこの地方で車はまったくと言って良いほど走っていなかった。私たちは、エチオピアを思い出させる、良い香りのユーカリの森をいつまでも歩き続けた。一度だけ迷って、閑散とした村で長い間、道を教えてくれそうな生者を探し、やっとのことで教会に隣接する小さな墓地で見つけ出した。二人の労働者が地下墓地を作っていた。もうこれは誰も見つからないと諦めかけていたときに、彼らがぬっと地面から出てきて私たちに途を示すべく、死者たちの間から立ち上がったのである。

この廃れた道で私たちが出会ったわずかな人間の一人が、カンタブリアで遭遇したオート＝サヴォワの人だった。彼も当然のごとく道に迷う機会を逸しなかった。まず私たちと逆方向に進むトラックの中にいるのを見かけ、それからよたよたした足取りで私たちのところまで戻ってきた。彼は私たちより先に進んでいたのだが、途中で出会った巡礼者に方向違いだと思い込まされたのだという。そこでヒッチハイクをして十キロ戻り……、実は正しい道を歩いていたことに気付いた。今は、その道をまた引き返しているところだった。

私たちの選んだ行程は、ようやくのことで名の通った場所、ソブラードの美しい修道院に到達した。付属の教会は、サンティアゴ教会のミニチュア版である。修道院は依然として主要なカミーノ上に位置していないが、古くからある別ルートを構成していて、私たちが辿った道よりはずっと人も多い。そこに到達すると、すでに半分メインストリートに入ったような気がする。雰囲気は温かく、快活である。明るい楢材でモダンに板張りした堂内で、私たちは晩課に参列した。もはや内陸の教会の暗いバロック祭壇の雰囲気とは異なっていた。共同寝室は大半が若者たちによって占拠され、その多くは恋人同士で、くすくす笑いながらおしゃべりをしていた。明かりが消えるとすぐにサヴォワ人の鼻ラッパが響き渡り、娘たちの大笑いを引き起こしたが、おそらく暗闇の中で睦み合うためのきっかけになったであろう。

その日の夕方、村へ果物を買いに出たとき、バスクで出会ったたくましいオーストリア人女性を見つけていた。女友達たちとは別れ、二人の青年と一緒に大いに楽しんでいる様子だった。ピアスにタトゥー、鋲打ちのブルゾンを着た連れの二人は、野外フェスからそのまま出てきたような感じだった。新しい道連れ、サンティアゴの近さ、吸っている大きな〈葉っぱ〉のせいで、オーストリア娘は輝いていた。まずは彼女のために喜びたかった。

翌朝、私たちは後ろ髪を引かれる思いで修道院から出発した。なぜならそこは美しく、陽気な場所だったからであり、かつこれから先は人混みのカミーノと合流して、今度こそ逃れようがないからである。私たちにとって、それはある意味で静寂との決別を意味した。私たちは最後のステージに近づいていた。それはコンポステーラとその前哨隊、戦闘隊、守備隊、中枢部の陣取る区間である。というのも、サンティアゴはずっと昔から単なる一つの村、聖者の遺骸の周りに立てられた大聖堂がある一画ではなくなっている。それは一つの立派な世界、本物の都市となり、その存在が遠くからでも感じられる。

私たちは小さな町で〈フランス人の道〉に合流した。狭い道から突然踏みならされた広い道に出た。ところが、非常に驚いたことに、道には誰も歩いていなかった。私たちは、かの恐るべきカミーノを、前よりも大きく見える（多分錯覚だろう）貝殻の印を辿って、歩いた。数百メートル行くと、ほっとすると同時にがっかりしてしまった。ほっとしたというのは、本当にそれまでと何も変わらなかったからであり、がっかりしたというのは、もっと活気のある様子を期待していたからである。やがてこの静けさの理由が明らかになった。歩くべき時間帯ではなかったのだ。フランス人の道では、歩く人があまりに多く、アルベルゲの空きは貴重なので、誰もが宿泊地に真っ先に着こうと、朝から突進するのである。静かな〈北の道〉では、このベッドを求める戦いも、他人を追い越して到着しようという競争も、オスピタレーロが受け付けてくれるまでアルベルゲの扉の前に置かれたリュックの列も、いずれも知らないで済んだ。ここ〈フランス人の道〉の情け容赦もない世界では、〈モチーラ〉の列の中の位置が、宿に入れる順序になっているのである。

巡礼の王道は、特にコンポステーラに近づくにつれて、その盛況ぶりの犠牲になっている。他の道ではどこでも、巡礼者は少数なので、巡礼者の姿は景色の中に埋没している。ところがフランス人の道では、前景に現れる。周辺の環境は彼らに合わせてある。広告は彼らに宛てたものだ。かなり大きな購買施設、宿泊施設が彼らを歓迎している。店は巡礼者によって生計を立てているが、巡礼者の数は多いものの、それほど気前よく金は落としてくれない。〈神殿の商人たち〉の商才に限度がないのは周知の通りだ〔『マタイによる福音書』二一章一二節以下〕。この貧しい地方では、巡礼者向けの様々なサービスを工夫することで、利益を引き出してきた。たとえばモチーラ・エクスプレス。これは荷物の宅配タクシーで、巡礼者がリュックを厄介払いして次の宿泊地まで運んでもらうサービスである。

フランス人の道に到着してすぐ私たちが衝撃を受けた一つの現象について、モチーラ・エクスプレスの存在を知ることで説明が付いた。時間が遅いので稀にしか出会わない巡礼者たちが、ほとんどスカスカの小さなナップザックしか背負っていない。当初私たちは、荷物を持たない巡礼者たちの極端なつましさに賛嘆した。しかし、一つ細かい点が気になった。インドの行者なみにわずかな身の回りのものしか携えていないのに、服装は清潔で上品なのだ。最初は奇跡を見る思いだったが、つまるところモチーラ・エクスプレスの恩恵によるものだと理解した次第である。背中に何も担いでいないのは、着替えが到着地で彼らを待っているからなのである。

フランス人の道では、貧しい巡礼者と裕福な巡礼者との違い、へりくだりとビジネスの違いが、他所よりも明確に現れる。この対立を、福音書がすでに予見していたとまで言うつもりはない。しかし、聖ヤコブの奇妙な運命を理解するために、イエスとヤコブの母との間に軋轢を生んだ出来事を思い起こす必要がある〔『マタイによる福音書』二〇章二〇節以下〕。

漁師ゼベダイの妻で、ヨハネとヤコブの母が、キリストのもとに来て一つの願い事をした。天国で二人の息子がメシアの両脇に座すことを求めたのである。それに対してイエスから手厳しい言葉が返ってきた。イエスに従う者たちが犠牲を払うことを許されたのは、将来の利益のためであってはならないということを、望み多き女に思い起こさせたのである。このエピソードは、ある意味そこで終わらなかった。聖ヤコブは、その後も人間に二種類の態度を引き起こし続けた。一つは控え目で無私の態度であり、ヤコブに従うべくコンポステーラの居所まで、ヨーロッパを歩き回る孤独で惨めな巡礼者たちの態度である。欠乏と屈従は彼らの日々の糧である。それはどのような形であれ、霊的な目的に到達する手助けとなるので、彼らは耐え続けた。その逆に、使徒であるヤコブよりもその母に忠実な人々は、巡礼に報いを求める。彼らが欲しているのは、天上の王とその取り巻きたちに付与される権力と栄光とにいささかでも与《あずか》ることである……

各時代において、快適な巡礼を行おうとする人々に供すべく、新たなテクノロジーが援用される。それによって、奇妙な結果を招くこともある。

例えば、私たちが松林を歩いているとき、空からアナウンスが降って来て、そこから二キロ先の私営アルベルゲの魅力と豪華な部屋の宣伝が流れてびっくりした。この森にはただ松の幹がまっすぐ立ち並んでいて下生えはなく、地面には赤っぽい松葉の絨毯が広がっているだけだった。この背景では誰も身を潜めることはできない。辺りにいるのは私たちだけだった。そこで、少し後戻りして、この不思議なメッセージの秘密を発見した。道の両側に立つ二本の幹に、光センサーが配置されているのだった。巡礼者が歩くと光のビームを横切ることになり、枝にくくりつけられたスピーカーが作動するのだ。

私たちはこうした不愉快な経験に長い間耐え続けなくて済んだ。すでにコンポステーラに入っていたからである。町が見える前から、有名な前哨施設で、興奮と開放感をもたらす場所と出会った。それらの魔術的な名前は中世以来、巡礼者たちを夢想に誘ってきた。ラバコージャ、モンテ・デル・ゴソ〔歓喜の丘〕、プエルタ・デル・カミーノ〔カミーノの門・扉〕の三つである。

最後の試練

ラバコージャはその名前が示すように〔一説では「首を洗う」という表現から来ている〕、かつては巡礼者が聖域に達する直前、沐浴を行う場所であった。いくつかの小川に水たまりがあって、少なくとも足か、それ以外の部分も少しは洗うことが可能だったと思われる。カミーノが哀れな巡礼者たちの皮膚につけた汚れを、すべて洗い流せたとはとても思えない。しかし、ともかく何もしないよりはましであり、ジャケたちが自分を見苦しくないと感じられればそれで良い。いずれにせよ使徒ヤコブの恵みに委ねようと携えて来たものは己の魂であって、魂についてはカミーノが深いところまで清らかにしてくれていたのだ。

今日、ラバコージャはサンティアゴ・デ・コンポステーラ空港のある場所である。世界中から、歩いて来るのは無駄か不可能だと考える巡礼者たちを、大型ジェット機が大量に降ろす。輸送量があまりに多いので、滑走路を延長したり新たに切り開いたりせねばならなかった。ともかく、私たちが通りかかったときは巨大な盛り土の工事がかろうじて終わったばかりで、カミーノを圧倒していた。赤や白の標識、滑走路を示すための強力なライト、金網などの設備一式が藪の茂った狭い谷に張り出していて、そこを巡礼者のための道がすり抜けていた。

アストゥリアス州の荒れ地では、あらゆる宗教から解放された抽象的な、（他に良い言い方もないので）仏教的だと私が形容した霊性がしみこんでいたが、サンティアゴに近づくにつれて、キリスト教的な、さらには明確にカトリック的な象徴や色合いが濃くなっていった。

例えばラバコージャでは、キリスト教的なへりくだりの次元が前面に立ち現れる。疲れ切ったちっぽけな巡礼者が藪の中を歩いていると、巨大な機械、ブルドーザー、パワーショベル、ダンプトラックが、道のすぐ脇まで新しい盛り土のための大量の土砂を吐き出す。頭の上では、海の向こうからやって来たぴかぴか光る鋼鉄の塊が四発ジェットエンジンのうなり声を上げて通り過ぎる。このような怪物の腹の下で、巡礼者は己が限りなく小さな存在であると感じる。路を一歩一歩歩むことで継承した伝統は、コンポステーラまで空を飛んで赴くまともな人々にとってはつまらない時代遅れの産物、まったく意味のない行為に見えるのではないかと思えてくる。それでもなお、巡礼者の卑小で、無意味な、打ちひしがれた魂は、著しくキリスト教的な形で、誇りに満ちあふれる。なぜなら、飛行機に乗って来た旅行者たちが持っていない、無限に貴重なものを彼は使徒ヤコブに捧げているからである。それは自分の苦痛、自分の時間、自分の努力であり、自分の信仰の取るに足らぬ、そして最高の証しであり、そこに到達するために、雨の日も風の日も、困難極まりない道を歩み通した数百万歩の歩みなのである。

私はバスクの地で、辛い一週間の歩行の後に到達したカストロ・ウリアデスという港のことを思い出す。あるレストランでフランス人のカップルと会話をした。彼らも私も同じ場所、アンダイから出発したことが分かった。違うのは——彼らは車で旅をしていたので——アンダイを出たのが……その二時間前だということだった。このとき巡礼者の心に巣くう奇妙な感情を初めて経験した。自分が限りなく小さな存在であり、その卑小さに執着した結果、ほとんど傲慢の罪を犯したように思えることである。

ラバコージャの小川をいくつか越えた後、カミーノはユーカリの木の間をゆるやかに上っていく。思ったよりも遠い次の目標は有名なモンテ・デル・ゴソである。「歓喜の丘」の意であり、その頂上から遙かにコンポステーラの家々の赤い屋根が望めることから付けられた名である。

無意識の内に、巡礼者は足を速める。今にも丘の頂に達するような気がする。しかしそこはまだ頂上ではない。再び歩き出し、疲れ切り、失望する。その間、この有名な頂はきっと高く見晴らしの良い場所で、地平線まで景色を一望できるのだろうと夢み、想像する。やっとのことで、汗びっしょりになってほとんど気力を喪失した頃、かの名高き山の頂上に達すると、歓びを見出そうとしても無駄である。その場所は雄大とはとても言えない代物である。

丘は味気なく、眺望を隠す高い木が植えられている。葉と葉の間からいくつかの屋根は覗けるが、めぼしいものは何も無い。モンテ・デル・ゴソの中腹にはフランス人の道を歩く群衆の数に釣り合った巨大な宿泊所があり、非常に繁盛している。

何よりも、一番高いところに巨大なモニュメントが建っている。一つ、例外の無い定めがある。芸術的なプロジェクトが多数の人の裁量に委ねられると、月並みさと醜さが勝ってしまうということである。

合議制というのは、アートの分野では、ぬるま湯である。モンテ・デル・ゴソを飾る彫刻の設置にあたっては、多くの人の意見が聴取されたことは間違いない。なぜならこれほど醜悪で、これほどわざとらしく、これほど落胆させるものを構想するのは難しいからである。それはある特殊なジャンルのコンクールなら、傑作と見なすこともできよう。すなわち、カトリックのキッチュというジャンルである。

このモニュメントにも一つの長所がある。長い距離を歩く間に中世への回帰を夢想し、コンポステーラの聖域こそ、そのクライマックスになると想像したかもしれない巡礼者に対し、明確な反証を突きつけるということである。自分たちがいるのは、間違いなく二一世紀である。コンポステーラは、かつて聖遺物が発見された単なる洞窟ではない。それは数々のおぞましいモニュメント、ショッピングセンター、高速道路がある現代の大都会である。サンティアゴに到着するというのは、昔の時代にたどり着くということではなく、逆にいきなり、それも決定的に、現在に戻るということである。

カミーノの所々で出会っていた自転車巡礼者たちは、モンテ・デル・ゴソに集結しているように思われ、町への最後の下りは自転車集団に囲まれて歩くことになる。カミーノにおいて、自転車は余計な存在で、場違いでさえあると私は思うが、そのぶんサンティアゴに近づくと、便利でお誂え向きの道具であることが分かる。というのも、徒歩巡礼者にとって町に入っていくことは難行苦行だからである。巡礼者を歓迎すべきこの都会は、車、バス、トラック、その他の自動車両に、完全な優先権を与えているように見える。

巡礼の目的地に一年中人が住んでいると考えると、いつも不思議な感じがする。例えばメッカのことを考えれば、カーバ神殿の周囲を群衆が回っている図が思い浮かぶ。そして、神殿に向いた窓とバルコニーがある住居の写真を見ると、奇妙で、無作法であるとすら感じられる。

カミーノを歩く際にたっぷりと想像し、夢見たコンポステーラのイメージは、大聖堂とそれに面したオブラドイロ広場に限定されている。しかし、実物の町に近づき、一歩一歩入り込んでいくと、まずフォルクスワーゲンの代理店、スーパーマーケット、中華料理店に出くわす。地元住民は街で自分の仕事に精を出し、聖ヤコブのことなどに関心がない。その名前はいろいろな看板に現れているが、それは地元の名物の一つにすぎず、モンテリマールのヌガーやカンブレのハッカ入りボンボンのようなものである。そしてやっと街中に入り、リュックを背負い、その下に貝殻をぶら下げて歩いていると、他のどの場所とも同じように自分が異邦人であると感じる。

さらにこうも考える――それも当然と思われるのだが――地元の住民は、こうした貝殻を付けた不潔な人たちに少しうんざりしているのではないか、と。いずれにせよ、住民は巡礼者たちにほとんど注意を払わない。視界にすら入っていないのではないかと思われる。ただ、それは巡礼者が目的地に到達した究極の印かもしれない。サンティアゴからまだ遠く離れ、とりわけ巡礼者がめったにいない場所を歩いていると、注目を集め、関心と、ときには共感まで引き起こす。ところがコンポステーラに入ると、その姿は完全に見えなくなる。気化してしまったと言えるくらいだ。

そもそも聖ヤコブの町では、巡礼者は念入りに通るべき道が定められている。それは旧市街に向かって、貝殻の標識を付けた長い行程に限定されている。控え目に言っても、人を歓迎する体制ではない。しかし、四車線のバイパスに沿って歩き、インターチェンジを横切り、歩道のない陸橋を渡って車に轢かれなければ、そして最後の環状道路を無事に渡り切ることに成功すれば、それは間違いなく使徒ヤコブのご加護による。そこにおいて巡礼者はプエルタ・デル・カミーノに到達し、ようやく歴史地区、モニュメントの中心に入り込むことになる。

けれども、詩情溢れる過去に回帰し、純粋な歓びを味わえると思ったら大間違いである。というのも、非常に感染力の強い病気が路地に蔓延しているからだ。それは伝染病のように路地を醜く歪め、家の正面を汚し、ポーチにも袋小路にも忍び込む。その病気とは、土産物屋である。それはひたすら無用の物を売ることに特化している点で、非常に特殊な商業活動である。おまけにその品物は安価で、持ち運びが容易で、ひどく趣味が悪い。こうしたガラクタは一般に中国で制作され、地元の歴史を題材にしてそのシンボルを無限に再生産している。貝殻がうんざりするほどのヴァリエーションを生み出すことは言うまでもない。ブローチ、ワッペン、キーホルダー、携帯電話カバーの形で存在する。ランチョンマット、プラスチックカップ、犬の首輪、赤ん坊のよだれかけ、玄関マット、キッチンエプロンを飾っている。愛好家の皆さん、必ずやお好みの品が見つかります。

徒歩巡礼者は、とりわけ遠くからやって来た場合、この観光客向けの路地でかつてないほど孤独で異端者であると感じる。行き交う群衆も使徒ヤコブの姿に自らを重ね合わせているのだが、自分とは少しも似ていない。その大多数が、他の場所ならばどこでも観光客として規定される人々でありながら、ここでは巡礼者たる地位を要求している。土産物屋がガラクタを売る相手は、それら懐の豊かな訪問客たちである。実際、飛行機や観光バスでやって来たツーリストたちは、束の間の巡礼者としての身分を証明するために、サンティアゴに立ち寄った証拠となる品を山ほど買うしかないのである。

徒歩巡礼者はそのような物を必要としない。なぜなら、彼は一つの特権を使えるからである。市役所が正式に発行する証明、有名な〈コンポステーラ〉を手に入れる資格があるのだ。新しく到着した者たちがたいていまずは向かう先、それは〈コンポステーラ〉が入手できる事務所である。

〈コンポステーラ〉を入手するための古めかしい事務所で、巡礼者たちは互いに再会する。そこにいるのはもはや観光客ではなく、本物のジャケたちだけである。先にアルベルゲに寄って、着替えてきた者たちもいる。カミーノからまっすぐやって来て、リュックを背負ったまま列に並んでいる者たちもいる。この貴重な証明書はそれだけの価値があるからであり、また手に入れるのに時間がかかるからだ。巡礼者たちの一団が二階に押しかけているが、そこに証明書を発行するカウンターがあり、列は踊り場、階段、入り口にまではみ出している。時には中庭まで延びることもある。ありとあらゆる言語の会話が聞こえる。一目見ただけでは、どの道を通って来たか、どこから出発してきたかも分からない。しかし、〈銀の道〉のような珍しい行程を辿った者たちはたいてい、そのことが分かる詳細を大声で語りたがる。同様に、非常に遠くからやって来た人々は、それを吹聴せずにはいない。私が列に並んでいるときも、少し下の階段で、若い娘が隣の人に「私がヴェズレーを出たとき……」と何度となく繰り返していた。

　それでも、雰囲気はどちらかというと冷ややかである。それは巡礼者たちが互いにほとんど交流しない二つのカテゴリー、すなわち徒歩組と自転車組に分かれているせいかもしれない。後者は着ているウエアで分かる。事務所まで、奇妙なトークリップ付きの靴を履いていることもある。彼らは日に焼け、脱毛し、額の上にスポーツ用サングラスをこれ見よがしに載せている。その隣に、しばしば鬚もじゃで汚らしい格好をした長距離徒歩巡礼者がいるのを見ると、ジャン・ヴァルジャン〔V・ユゴー『レ・ミゼラブル』の主人公〕とアルベルト・コンタドール〔スペイン人の自転車ロードレース競技選手〕の出会いに立ち会っているような感じがする。

しかし、聖ヤコブはこうした人間を分け隔て無く、慈悲のマントで包む。全員がラテン語で書かれた証明書を手に入れ、歩くか、自転車に乗るかして立ち去る。

発行してくれる係員は——ほとんどすべて女性だが——巡礼者のクレデンシャルを自分の前に広げる。そこには、枠の中に礼儀正しく並んだスタンプの、色とりどりの部隊が整列している。それらの汗と、歩みと、寒さと、空腹の印が何を表しているか、知っているのは歩いてきた当人だけである。係員にとってそれは詩情のない記号であり、行程の証明であって、それを調べるのはただ、〈コンポステーラ〉を求める人間が、間違いなく最低百キロ（自転車の場合は二百キロ）踏破したかどうかを知るためである。

私に応対してくれた女性が、規定上距離が足りないと言い出したとき、私は一瞬ぞっとした。私は飛び上がった。八百キロメートルですよ！　足りないって？　実際は私のクレデンシャルの傷んだ折り目を彼女がしっかり開かなかっただけだった。やっと私の正しさが立証されて、証明書を持って事務所を後にした。

あれほど欲しがっていた紙も、手にするとすぐにつまらない、取るに足らない邪魔物にすら思えてきた。くしゃくしゃにせずにどうやって〈モチーラ〉の中に滑り込ませればいいのか。結局、手に持ったまま、大聖堂前の広場まで上っていった。

この最後の何メートルかはすこぶる感動的であるべきだろう。ところが！　すべてはおぞましくなるように仕立てられている。力強くも下手くそな音を出すバグパイプ奏者が、大聖堂に通じる最後のポーチの下にいつも陣取っている。この巡礼の究極の瞬間、カミーノを決定的に閉じる瞬間に、一切の雑念なく向かいたいのに、楽器の甲高い音が歯茎に染み、手が届かないところの痒みのように、心の集中を妨げる。

演奏者の前に小銭を置いた十人のうち少なくとも五人は、この場を立ち去って欲しいという秘めたる願いがあったと請け合ってもいい。昼食の時間になってやっと演奏を止めた。拷問は永続的であってこそ効果があるので、残念ながら彼が場所を譲ったギター片手の歌い手はさらに災いをもたらした（ただ、それほど声は遠くまで届かなかった）。

ようやくのことで到達したオブラドイロ広場は旅の終点であり、巡礼路標識のゼロキロメートル地点である。広場は広大で、荘厳なモニュメントに囲まれ、大聖堂の高いファサードが君臨している。奇妙なことに、広場はカミーノの終点であるのに、カミーノに属していないように思われる。一日一日と巡礼者はカミーノを知り、旧友のようになった。カミーノは謙虚で、慎み深く、現代社会に痛めつけられていることが分かる。偉ぶることなく、古い家々をのろのろとかすめ、泥だらけになりながら斜面を駆け降りる。傲慢さはなく、ただ矜持だけがあり、うぬぼれはなく、ただ記憶だけがある。それは狭く、粘り強く、曲がりくねっていて、人間の人生のようだ。それに対して、その締めくくりとなるオブラドイロ広場は、力で膨れ上がり、豪勢で、人目を驚かすように作られている。

カミーノが生まれたばかりの頃、アルフォンソ二世王の時代において、巡礼の旅の終結点は洞窟の前か、せいぜい聖者の遺骸の周りに積み上げられた石からなる小さな聖域だったのだろうと想像する。当時、カミーノの終点はカミーノ自体と同じように慎み深かったに違いない。ところが今日、この到着の場には教会のありとあらゆる虚飾が展開している。聖者の遺骸は信じられぬほど多くの覆いで取り囲まれていて、それは玉葱の皮のように幾層にも積み重なっている。遺骸は聖遺物箱に納められているのだが、箱は最初に造られた大聖堂内の納骨堂の中にある。その全体をゴシックのカテドラルが包み込んでおり、カテドラルそのものも一八世紀に造られた破風に覆い隠されている。こうした芸術作品の積み重ねは、それなりに美しい。それは聖者崇拝をする人々に一つの動きを規定することで枠を作り上げている。すなわち、参拝者は堂内を循環するよう促され、地下納骨堂に降りてから階段で内陣に上り、そこから巨大な聖ヤコブの像の背中に導かれる。伝統的に巡礼者は聖者に抱きつき、後ろから〈アブラソ〉、一種の儀礼的な抱擁をすることが求められる。なぜだか分からないが、私はそうする気になれなかった。私の旅を締め括るはずのこの崇拝が、旅の本質すべてを裏切るように思われたのだろう。私は、たとえそれが使徒の似姿として造られたものであろうと、黄金の偶像を抱擁するためにこの地までやって来たのではなかった。カミーノが巡礼者に強いる肉体的通過儀礼にはすべて躊躇いなく身を委ねてきた自分だが、一般に報償と見なされるこの究極の試練は拒否した。カミーノに対しては谷から谷へ、村から村へ渡ることによって、具体的な意味を与えるのはやぶさかではないが、その目的については、抽象的で象徴的で個人的な性格を残して置きたいと思った。一言で言えば、かの聖ヤコブについて、私独自の、友愛を込めた哲学的な見方をするに至ったということである。その見方を、黄金で覆われた像との冷たい接触に換えたいとは決して思わなかった。カトリックだと自称する人々が、私には完全に異教的に見える儀礼に従って触れ続けたため、その像はすり減っていた。

これよりももっと古典的で正統的な、巡礼者のための大ミサの方は、私にとって受け容れやすく思った。人はゲームの規則に従うべきである。この巡礼は本来もっと抽象的で普遍的な霊性に属していると私は思うけれども、教会が占有をしているのだから、その締め括りは教会に任せなければならない。巡礼者が一人一人聖者を腕に抱くという個人的な、ほとんど夢見心地の所作とはまったく異なり、巡礼者のための大ミサは文字通り交歓の瞬間である。それは各人の持つ相違、様々な行程、諸々の試練を溶かし、祈りの時間に、澄み切った音を立てる合金に換える坩堝《るつぼ》である。

儀式は混み合った大聖堂の中で行われる。最後の苛立ちの種になるのは、旅行会社から送り込まれ、ホテルからここまでやって来る労しか行わなかったバス巡礼者たちが、堂内の椅子をすべて占拠していることである。徒歩巡礼者たちはと言えば、リュックを背負っているせいで混み合い、脇に押しのけられ、柱の陰、側祭室の入り口まで追いやられている。いつの日か、「後《あと》にいる者が先になる」のかもしれないが、いずれにしても巡礼者のためのミサの間、序列は尊重され、汚らしい連中は脇に放っておかれる。

私は視界を塞ぐ太い柱の後ろになんとか座ることができ、体をねじれば内陣も覗くことができた。立ったままの群衆の中に、カミーノ上で出会ったいくつかの顔を発見した。とりわけ奇跡的に無事到着した例のオート＝サヴォワの人も。

とうとう、オルガンの大きな音が鳴り轟いた。荘重なミサが始まり、ヨーロッパの様々な言語による朗唱で彩られる。力強い聖歌が天使のような声を持った修道女によって歌い出され、会衆が意外にも揃った声で、それを繰り返す。

最後に、私は間違いなく相当運が良かったのだが、有名な〈ボタフメイロ〉の点火に立ち会うことができた。それは巨大な香炉で、大聖堂の天井に巨大な綱で吊り下げられた銀製の大鍋である。没薬《もつやく》と香を詰めて火が点けられ、巨大な香炉は山火事のように煙を出し始める。すると六人の男が力をこめて香炉に振り子の運動を与える。煙を上げる玉は時速六十キロにも達しようかという速さで堂内を行き来し、教会全体に芳香を広げる。香炉が飛翔する瞬間に修道女が賛歌を歌い始め、聴衆の熱狂を引き起こす。何世紀にもわたって脚色を加えられたスペクタクルは見事に完成していて、強烈な瞬間を作り出している。〈ボタフメイロ〉が元の位置に戻り、聖歌が終わると、人々は落ち着き、疲れ切り、興奮も収まって、偉大な瞬間を経験したと確信する。これが本当に巡礼の終結である。

聖堂から外に出るときに話をしたイタリア人が、人を興醒めさせかねない細部を明かしてくれた。彼によると、〈ボタフメイロ〉の習慣は宗教的なものではなく、衛生上の必要から生じたというのである。中世において、巡礼者たちはラバコージャを通過してもなお、垢だらけの状態だったので、不潔な肉体で埋め尽くされた大聖堂は、文字通り息がつまる状態だった。命を失いたくなかった司祭たちは、一つの解決策を見出した。すなわち空中に香の樽を振り動かすことである。この逸話は、儀式に対する嫌悪を私に植え付けるどころか、それまで相容れなかった二つの現実を心の中で調停してくれることになった。それはキリスト教の典礼の豪華さと、カミーノの原始的な簡素さのことである。こうして、香《こう》と聖職者の衣装の緋の色が、汗の匂いと泥土の灰色に合体した。両者を結ぶ糸は切れていなかったのだ。

なぜなら、「到着」して以来、あらゆるものがその糸を絶ち切ることに貢献しているからである。コンポステーラの魅力と美が、カミーノの記憶を覆い隠してしまう。身体が都会の怠惰を取り戻す。路地をうろつき、やがては思わず土産物を買ってしまうだろう……

その後、飛行機が聖域から人を運び去り、数時間でなじみの背景の中に放り出してしまう。自動車道路沿いに歩いている際、今後車で走るときは同じ道を歩いている人の立場をわきまえて運転しようと思った。しかし、ひとたび運転席に座るとその誓いを忘れ、迷わず全速力で突っ走る。

カミーノのいくつかの教訓は、もう少し長く生き残る。私にとってそれはとりわけ、〈モチーラ〉の哲学であった。帰宅して数ヶ月間は、自分の抱いている不安について、生活全般に考察を広げてみた。文字通り背中に負っているものを冷静に検証した。多くの品物や、計画や、束縛を捨てた。自分の身を軽くし、自分の存在の〈モチーラ〉を軽々と持ち上げられるよう努めた。

しかし、その段階もまた通り過ぎた。頁は少しずつめくられ、カミーノで味わった苦悩は消えた。巡礼の目に見える効果はすぐに消滅してしまう。数週間経って、すべてがなくなってしまった。人生が再開された。何も変わったことはないように思える。

もちろん、いくつかの兆候によって、カミーノが深いところで今も働きかけていることは理解できる。帰ってからジャック・クール〔中世フランスの貴族。リュファンは彼をモデルにした小説 *Le Grand Cœur* を二〇一二年に発表〕の物語を書いたのも恐らく偶然ではない。彼の生家はサンティアゴ巡礼路の一つの上にあり、子供の頃ジャケたちが通り過ぎていくのを見ていた。彼自身ジャック〔ヤコブ〕という名前であり、人生はその暇を与えなかったが、巡礼をしたいと心から願っていた。中世の道を渡る彼の美しい人生を辿っていると、執筆の歩みという新たな旅に出発するため、〈モチーラ〉を再び担いでいるような気が少しした。ジャック・クールはコンポステーラの巡礼者たちと同様、すべてを失うことで自由を知ることができた。それ以前にすべて——金、権力、奢侈——を手に入れていただけに、その徹底した奉納は彼の運命に特別の偉大さを与えた。それはカミーノの精神とも無縁ではない。

しかしながら、これらはすべて間接的な、曖昧な影響に留まっている。巡礼それ自体はやがて、私にとって遠い記憶に過ぎなくなった。そこから醸成され、『ル・グラン・クール』を書きながら一滴一滴集めた哲学的なリキュールは、巡礼の旅を構成していた個々の瞬間をことごとく踏み潰すことによって、抽出されたように思う。結局、カミーノについては本質的でかなり曖昧な教えしか残っていない。それは人を陶酔させるような、貴重な教えではあるが、いざ定義しようと思うと苦労する。私はすべて忘れてしまったと思った。

それから、ある雪の日のシャモニーで、私は昼食時に二人の出版関係者の友人と巡礼の話をした。ゲラン出版社を率いるマリー=クリスティーヌ・ゲランとクリストフ・レラは山が好きで、私の旅に興味を持って、遠征から帰還したアルピニストにするような質問を根掘り葉掘りした。私も同じく自然に答え、多くの逸話の記憶が戻ってきた。外が凍える寒さのとき、暖かい山小屋と白ワインに促される類いの山の会話である。食事の最後、話し相手からそれらの記憶を文章にするよう勧められたとき、私はその提案に憤慨した。カミーノを歩いたのは執筆のためではない！　歩いているときも、戻ってからも、何も書かなかった。後ろを振り返らず、たとえ自分のためであっても報告の束縛無しに、すべてを体験したかった。そのため、宿泊地ごとに巡礼者たちが熱に浮かされたようにメモを取っているのを見て、私は哀れに思ったものだった。

しかし、とりわけ寒かった今年の冬、その日家に帰る際に見た一面の雪景色の中で、輝く空、泥だらけの道、ぽつんぽつんと建つ〈エルミタ〉、波が打ち寄せる海岸の図が頭の中に蘇ってきた。記憶という牢獄の中で、カミーノが目を覚まし、壁を叩き、私を呼んだ。私はカミーノについて考え、書き始めた。そして紐を引っ張ると、すべてが戻ってきた。

何も消え去ってはいなかったのだ。このような旅が所詮は一つの旅に過ぎず、忘れ去って、引き出しの中にしまえると考えるのは誤りか便宜上の判断かのどちらかである。カミーノがどのような点で働きかけているか、本当に何を表しているか、説明はできないだろう。ただ、それは今も生きていて、私が心がけたようにそのすべてを語るのでなければ、何も語ったことにならないということは確かだ。しかし、そうであっても、本質的な部分が欠けているということも承知している。そのためにこそ、ほどなくして私は再び道を歩き始めるだろう。

そして皆さんもまた。

訳者あとがき

本書はJean-Christophe Rufin, *Immortelle Randonnée, Compostelle malgré moi*（Guérin, 2013）の全訳である。著者のジャン＝クリストフ・リュファンは一九五二年生まれ。医学の道を志して専門の神経科医となり、政治学の学位も持つ。「国境なき医師団」の重要メンバーとしてアフリカやラテン・アメリカでの活動実績もある。様々なNGOや国連PKOの活動の他、二〇〇七年から二〇一〇年まではセネガルとガンビアの大使を務めた。この間、一九九七年に発表した小説第一作*L'Abyssin*（邦訳『太陽王の使者』野口雄司・吉田春美訳、早川書房、一九九九年）が「処女作長編小説に与えられるゴンクール賞」および「地中海賞」を獲得し、ベストセラーとなって十九カ国語に翻訳された。さらに二〇〇一年の*Rouge Brésil*（邦訳『ブラジルの赤』野口雄司訳、早川書房、二〇〇二年）は同年ゴンクール賞を獲得、二〇〇八年にはアカデミー・フランセーズ会員にも選出されている（当時最年少）。他にも多くの著作を定期的に生み出しているが、小説は時間と空間を隔てた歴史を舞台にしたドラマチックなものが多く、アレクサンドル・デュマを彷彿とさせる作家でもある。

こうした華々しい経歴の後に文筆活動に没頭していた二〇一一年五月末、リュファンはスペイン国境に近いフランスのアンダイからスペイン西端のサンティアゴ・デ・コンポステーラまで約一ヶ月、八〇〇キロ以上に及ぶ徒歩巡礼に旅立つ。その経緯については本書冒頭の重要な骨格であるので、ここに紹介するのは控えるが、しばらく前から流行している日本語を使うなら、それは正に物理的・精神的な「断捨離」の実践に他ならなかった。人生を歩むにつれて肩にのしかかってくる重みをいったん降ろして、しばらくの間自分を見つめ直したいという衝動は、リュファンほどの経歴を持たない人でも、一度は頭をよぎることとだろう。そのための方法が、リュファンにとってはたまたまサンティアゴ巡礼だったということになる。冒頭に掲げた原タイトルを直訳すれば、「不滅の徒歩行、不本意ながらのコンポステーラ」というような意味だが、「不滅の（人・もの）」を表す immortel という形容詞・名詞はアカデミー・フランセーズの終身会員を指す称号としても用いられ、後半の malgré moi（心ならずも）はモリエールの戯曲 *Le Médecin malgré lui*（『いやいやながら医者にされ』）をもじっている。これらの含意をすべて反映させた邦題はあり得ないので、単純に『永遠なるカミーノ』とした。カミーノ Camino とは「道」を意味するスペイン語で、大文字で始めた場合はしばしば「サンティアゴ巡礼路」を指す（リュファンは Chemin というフランス語を用いている）。いずれにしても、リュファンにとってサンティアゴ徒歩巡礼は長年温めてきた計画の実行ではなく、意図せざる形でカミーノに引き寄せられた結果であることが強調される。

本書を手に取られた方々の中には、現在全世界的なブームになっているサンティアゴ巡礼について、ある程度ご存じの向きも多いと思われるし、本書にも解説があるので、その歴史と現状について詳しい説明は省く（日本語で読める参考文献を後段に掲載したのでそれを参照頂きたい）。エルサレム、ローマと並んでキリスト教の三大巡礼地とされたサンティアゴ・デ・コンポステーラはスペインの西端近くにあり、キリストの使徒聖ヤコブの「墓」の上に立てられた教会が中世以来、ヨーロッパ全土から多くの巡礼者を引き寄せた。その後、社会の脱キリスト教化、世俗化の進展に伴ってほとんど顧みられなくなったこの巡礼路が、二十世紀末から新たな脚光を浴び、現在は年間数十万人に及ぶ様々な国籍の人々が、最低百キロメートル（巡礼証明書（コンポステーラ）を手に入れるための最低限の距離）、ときには全欧の各地から千キロを超える道のりを歩いている（日本人巡礼者の数も年間千人を遙かに超えている）。日本における四国遍路や熊野古道への関心の高まりとも呼応する現象である。

サンティアゴ巡礼がなぜこれほどのブームになったかを考えると、二十世紀後半の観光ブームから、ユネスコによる世界文化遺産への登録、欧州評議会による歴史と自然を絡めた遊歩道整備（Les sentiers de Grande Randonnée、略してGR）などの外面的事情がまず挙げられる。それに加えて、いわゆる「コンテンツ・ツーリズム」の力も見逃せない。ブラジルの作家パウロ・コエーリョの『星の巡礼』（一九八七年）はブームの起爆剤になったし、フランスの『サン・ジャックへの道』（二〇〇五年）、アメリカの『星の旅人たち』（二〇一〇年）などの映画も人々の巡礼路への関心を呼び起こし、そこを実際に歩いた人々の紀行文（ブログ等のSNSを含めて）がまた新たに巡礼者を増やす、というコンテンツの力が発揮されている。

もう一つ指摘しておかなければいけないのが、スピリチュアル・ブームとの関係である。「スピリチュアル」もしくは「スピリチュアリティ」という言葉の意味については、あまりにも手垢がつきすぎてしまって正確には定めがたい。一つ言えるのは、特定の宗教に帰依するつもりはなくとも、広く霊的なものとか、自分の内部の魂や精神の問題に興味を持つ現代人の姿勢、いわゆるＳＢＮＲ（Spiritual, But Not Religious――「スピリチュアルだが宗教的ではない」）的なありように関係しているということである。そのため、スピリチュアリティは宗教の「私事化」（Privatisation）現象としてしばしば規定されていて、その顕れ方も個人的で多種多様である。その結果、いったん世俗化したかに思われた社会が新たに再聖化（もしくは再魔術化）されるような現象があちらこちらで生じている。サンティアゴの巡礼路を歩く人々の中で、中世の巡礼者に通じるような伝統的信仰を持っている人はむしろ少数派であり、広い意味の「スピリチュアル」な関心に促されている場合が多いであろう。リュファンもその例に漏れないが、リュファンの場合はキリスト教の教義や歴史についての知識も豊富で、より純粋な信仰への憧れがある点で、即物性と商業主義にまみれた一部の安易なスピリチュアル・ブームとは対極の位置にあると言うことができる。本書でときおり用いられる「ブッダ」とか「仏教的」という言葉については、日本人読者にとって違和感があるかもしれないが、「他に良い言い方もないので」（210頁）という留保と、作品全体からリュファンの宗教観は理解したい。

現在、サンティアゴ巡礼をテーマにした本（電子出版を含めて）は無数にある。カミーノ体験には人を執筆へと促す特別の力があるのかもしれない。それらには多くの共通点があるとともに、むろん巡礼者の性格や、巡礼時の偶発的出来事による特殊性がある。外国人の著作で邦訳があるものとしてはアメリカ人女優のシャーリー・マクレーンや、ドイツのコメディアン、ハーパー・カーケリングによる書などがあるが、リュファンの場合は日本でこそ知名度は高くないとはいえ、アカデミー・フランセーズ会員にまでなった有名作家であり、その点で異色である。さらに、サンティアゴ巡礼路の中では最も有名なメインルート〈フランス人の道〉ではなく、〈北の道〉と〈プリミティボの道〉を辿った記録でもあるということで、日本では特に珍しい。本書の副題に「〈もう一つの〉サンティアゴ巡礼記」と付けた所以《ゆえん》である。フランス側のサン＝ジャン＝ピエ＝ド＝ポールから出発する場合、最初のピレネー越えという難所を除くと、平坦で、観光的な見所も多く、宿泊施設も整っている〈フランス人の道〉は、それ故にこそ多くの人々を惹きつけ、シーズン中などは〈アルベルゲ〉（巡礼者用宿泊施設）に寝場所を見つけるのにも苦労するような事態が生じている。リュファンはそのような混雑を避けて、より自然が豊かな別ルートを辿り、さらにキャンプ主体で歩いたのであるが、アルベルゲでの人との出会いにこそ巡礼の最大の意義を見出す人々にとっては、本書の記述に多少物足りなさを感じる方もあろう。しかし、そのぶん自己および自然・社会全体との対話は濃密であり、カミーノの本質への洞察は深い。ちなみに二〇一八年度の統計では巡礼完遂者の約六割が〈フランス人の道〉を辿り、〈北の道〉と〈プリミティボの道〉を合わせた人数の割合は約一割である（サンティアゴ・デ・コンポステーラの巡礼事務所 https://oficinadelperegrino.

com/の統計による)。

内容については、右にも述べたようにリュファンの個人的な巡礼記録に、作者の透徹した眼差しによる、人間の心身、自然、宗教、文化、歴史、社会に関する考察が散りばめられているが、凝った文体に込められるユーモアはシニカルで、辛辣でさえある。しかしその鋭い矛先は他者だけでなく自分自身にこそ向けられていることを忘れてはならない。医師であること、国連軍に参加した経験があること、歴史小説が得意分野であることなどから生まれた医学や軍事の比喩なども、本書に独特の味わいを添えている。その上で一点だけ分析を加えるとするなら、本書の中心テーマの一つは「コントラスト」だと言えよう。そもそも世俗化した現代、交通機関が発達した機械文明の中で、二千年前に生きた聖者ゆかりの地を目指して徒歩で一ヶ月も歩くという究極的な矛盾から始まって、リュファンがカミーノの上に描く世界は対照性に満ちている。世俗性対宗教性、物質性対精神性、現代対中世、奢侈対清貧、都会対田園、文明対自然、開発対保全等々の対立項はその代表的なものであろう。さらに、雑踏を避けてあくまでも孤独な歩みを進めながら、人間との純粋な交歓を希求するという矛盾も、リュファン自身の性格の中に見られる(もっとも、この矛盾は程度と出現の仕方が異なるだけで、多くの人々にあてはまるのではないだろうか)。そうした矛盾対立に、ある一定量以上の「時間」と「労苦」をかけて向き合い、喜びと落胆を繰り返すことで、人は簡単には言葉にできない、何らかの発見——どれもが似通っているが、どれもが異なる発見——を段階的に行っていく。むろん、本書をすべて事実ありのままの記録として読む必要はないが、リュファンの「記憶」に残った真実の物語として、巡礼についての体験や関心の有無を問わず、多くの人々の心に、深いところで訴える意味を持っていると思われる。

［付記］本文中にある（ ）括弧内は作者による付加もしくは翻訳上の工夫であり、〔 〕内は訳者による注である。番号の付された二カ所の注（145頁および149頁）は作者自身による。〈 〉括弧は原文のイタリック（傍点を付す場合もある）の他、訳文を分かり易くするためにも用いている。

訳出にあたっては以下の英訳、独訳も参照した。

（英語）*The Santiago Pilgrimage, Walking the Immortal Way*, Translated from the French by Martina Dervis and Malcolm Imrei, London, 2013.

（独語）*Nichts gesucht. Alles gefunden.: Meine Reise auf dem Jakobsweg*, aus dem Französischen von Ralf Pannowitsch, München, 2015.

最後に私事にわたるが、本書を翻訳するに至った経緯について述べておきたい。

「巡礼」という営みに興味を持ち始めたのは四十年以上昔のことになる。大学院で最も親しく指導頂いた南原実先生が休み中などにゼミ生を日本中の山歩きに連れ出して下さった。その中には富士山や熊野古道など信仰と関わりの深い場所も含まれ、単なる自然愛好の面だけでなく、徒歩巡礼という行為自体に関心を抱くようになった。昔の人々は、そして今もわずかに残る信者たちは、なぜこれほど苦しい思いをして山に登り、峠を越えていくのだろうか、という素朴な疑問からである。

その後パリに留学した際、毎年一回学生たちがパリからシャルトルまで歩く大巡礼（直線距離にして百キロ近くだが、前半は列車も使い、当時は一泊二日の行程だった）に参加した。休憩時グループに分かれて自己紹介をした際、自分はキリスト教徒ではないと明かすと怪訝な顔をされたが、ヨーロッパ各地から集まった学生たちは温かく迎え入れてくれた。足に肉刺《まめ》を作りながら到着したシャルトル大聖堂で行われたミサの雰囲気は今でも忘れられない。関心はそこからサンティアゴ巡礼に及び、留学生仲間と共同購入した中古車で、パリからサンティアゴまでの旅に出た。当時はサンティアゴ巡礼について知る人はごく少数で、文献もなかなか手に入らなかった。インターネットも無い時代だったので、古道がどこに残っているかも調べられず、結局大きな町から町へと辿る典型的な観光客としての旅に終始した。帰途立ち寄ったバルセロナで車上荒らしに遭い、撮ったフィルムごとカメラを盗まれたという苦い思い出もある。

ところが、時が経つにつれてサンティアゴ巡礼についての言説がフランスでも日本でも、あちらこちらから聞こえ出し、パウロ・コエーリョの小説を始め、多種多様な巡礼関連の文献が少しずつ読めるようになった。その後の隆盛ぶりについては、右に書いた通りなので繰り返さないが、研究テーマというよりは半ば趣味としてこの問題は追い続けていた。周囲に対してサンティアゴ、サンティアゴと口にしていたせいか、地元の映画館で『サン・ジャックへの道』が上映された際に、講演会開催の声がかかり、思いのほか多くの市民が興味を示して下さった。さらに『星の旅人たち』上映の際も同様の講演会を行うなどした後、同僚のスペイン研究者たちと共に二〇一八年秋に公開講座の講師を務めたときは、遠方から参加された方々も含めて、多数の聴講者が集まった。その準備の過程で出会ったのが本書である。

最初はフランス人作家らしいシニカルな語り口と独特な比喩表現の連続に、斜に構えて読んでいたのだが、段々と熱中し、これまで読んだ数多くの巡礼記の中で最もしっくりと心に響く作品となった。今までにない視点の数々に加え、他の巡礼記と共通する部分があっても、それが何重にも下線を引きたくなるような名言で綴られている。さらに、多方面にわたる社会的・人道的活動家としても超人的行動力を示す作家リュファンが、あえてさらけ出す人間的な部分（特に睡眠に関する繰り言など）にも、共感を寄せることができた。これは何としても翻訳したいと思うに至り、今回の出版に繋がったのである。長年来の興味に個人的共感が相俟って、これほど楽しかった翻訳経験は今までになく、大学勤務生活最後の年に本書を世に出せることに大きな喜びを感じている。

この本をある種のガイドブックのように用い、サンティアゴ巡礼に旅立たれる方もひょっとしてあるかも知れないが、リュファンが〈北の道〉（と〈プリミティボの道〉）を歩いてから十年近くの歳月が経ち、巡礼路の状況も少しずつ変わっているので、実行に移される場合は最新の情報を手に入れて頂くよう希望する（まずは「日本カミーノ・デ・サンティアゴ友の会」のホームページ等を参照し、そこから様々なリンク先や参考文献をご覧頂きたい）。特にリュファンが行った屋外の無断キャンプについては、思わぬ危険やトラブルに巻き込まれかねないので、慎重にお願いしたいと思う。個人的には、季節や場所によってはほとんど飽和状態に達している〈フランス人の道〉との違いが〈北の道〉にまだ残っているのか、気になるところである。というのもリュファンの本書（および英訳、独訳）の影響もあってか、〈北の道〉を歩く人が徐々に増えているという統計もあるからである。これについては、私が本書を翻訳中の二〇一九年、リュファンとほぼ同じ季節に同じ道を歩かれたブロガーの「たまゆり」こと玉置侑里子さんに、ご帰国直後、翻訳草稿を読んで頂いた。玉置さんは数年前に〈フランス人の道〉を踏破されているので、両者の比較についてお聞きしたかったということもある。玉置さんの談によると、確かにフランス人を含めて各国の巡礼者にはたくさん出会ったが、混雑らしい混雑はなく、大自然の中の単独行も楽しめたし、〈フランス人の道〉とは別の魅力を十分味わえたとのことである（玉置さんのホームページ「たまゆりカミーノ」はhttps://tamayuricamino.com/）。他にも、日本カミーノ・デ・サンティアゴ友の会、ペレグリノスの会、東海カミーノ倶楽部ゆかりの方々、二〇一九年九月に現地調査を短期間行った際に話を伺った各国の巡礼者たちからも貴重な情報を数多く頂いた。原文の細かなニュアンスについて不安のある箇所についてはスティーヴ・コルベイユ氏と小山エロディ氏に教えを請うた。

出版にあたっては勤務先の静岡大学人文社会科学部から令和元年度研究成果公開助成費の援助を受けた（静岡大学人文社会科学部研究叢書No.69）。出版をお引き受け頂き、いつもながら丁寧な編集作業に携わって頂いた春風社の岡田幸一氏に篤く御礼申し上げる。

二〇二〇年一月四日

今野喜和人

サンティアゴ巡礼主要参考文献（日本語で読めるもの）

イ・アルテ、グザヴィエ・バラル（杉崎泰一郎監修、遠藤ゆかり訳）『サンティアゴ・デ・コンポステーラと巡礼の道』創元社、二〇一三年。

井手雄太郎『スペイン巡礼』中央出版社、一九八九年。

内田九州男、他『四国遍路と世界の巡礼』法蔵館、二〇〇七年。

小川国夫『ヨーロッパ古寺巡礼――パリからサンチャゴまで』平凡社カラー新書、一九七六年。

小野美由紀『人生に疲れたらスペイン巡礼』光文社新書、二〇一五年
オーラー、ノルベルト（井本晌二他訳）『巡礼の文化史』法政大学出版局、二〇〇四年。

カーケリング、ハーペイ（猪俣和夫訳）『巡礼コメディ旅日記――僕のサンティアゴ巡礼の道』みすず書房、二〇一〇年。

コエーリョ、パウロ（山川紘矢他訳）『星の巡礼』角川文庫、一九九八年。

今野國雄『巡礼と聖地――キリスト教巡礼における心の探究』ペヨトル工房、一九九一年。

杉谷綾子『神の御業の物語――スペイン中世の人・聖者・奇跡』現代書館、二〇〇二年。

関哲行『スペイン巡礼史――「地の果ての聖地」を辿る』講談社現代新書、二〇〇六年。

同『前近代スペインのサンティアゴ巡礼――比較巡礼史序説』流通経済大学出版会、二〇一九年。

壇ふみ、他『サンティアゴ巡礼の道』新潮社、二〇〇二年。

デュプロン、アルフォンス（田辺保訳）『サンティヤゴ巡礼の世界』原書房、一九九二年。

土井清美『途上と目的地――スペイン・サンティアゴ徒歩巡礼路　旅の民族誌』春風社、二〇一五年。

戸谷美津子『聖地サンティアゴへ、星の巡礼路を歩く』書肆侃侃房、二〇一七年。

中谷光月子『サンティアゴ巡礼へ行こう！――歩いて楽しむスペイン』増補改訂版、彩流社、二〇一二年。

日本カミーノ・デ・サンティアゴ友の会『聖地サンティアゴ巡礼』増補改訂版、ダイヤモンド社、二〇一三年。

ノーテボーム、セース（吉用宣二訳）『サンティアゴへの回り道』水声社、二〇一九年。

フェロ、マリニョ　ラモン、ホセ（川成洋監訳、下山静香訳）『サンティアゴ巡礼の歴史――伝説と奇蹟』原書房、二〇一二年。

ボティノー、イーヴ（小佐井伸二他訳）『サンチャゴ巡礼の道』河出書房新社、一九八六年。

マクレーン、シャーリー（山川紘矢他訳）『カミーノ――魂の旅路』飛鳥新社、二〇〇一年。

黛まどか『星の旅人――スペイン「奥の細道」』光文社、二〇〇〇年→角川文庫、二〇〇九年。

南川三治郎『世界遺産　サンティアゴ巡礼路の歩き方』世界文化社、二〇一〇年。

柳宗玄『サンティヤゴの巡礼路　世界の聖域16』講談社、一九八〇年。

米山智美『スペイン巡礼の道を行く――世界遺産カミノ・デ・サンティアゴ』東京書籍、二〇〇二年。

渡邊昌美『巡礼の道――西南ヨーロッパの歴史景観』中公新書、一九八〇年。

【著者】ジャン＝クリストフ・リュファン（Jean-Christophe Rufin）　一九五二年フランス生まれ。医師、作家。「国境なき医師団」主要メンバー。一九九七年『太陽王の使者』でゴンクール処女長篇小説賞、二〇〇一年『ブラジルの赤』でゴンクール賞を受賞。その後も様々な国と時代を舞台にしたドラマチックな小説をコンスタントに執筆し、その多くがベストセラーになっている。本作の後に出版した『赤い首輪』（二〇一四年）はモーリス・ジュヌヴォワ賞を受賞し、映画化もされた（邦題『再会の夏』、二〇一九年日本公開）。

【訳者】今野喜和人（こんの・きわひと）　静岡大学名誉教授。東京大学人文科学研究科博士課程満期退学。博士（文学）。専門はフランス文化および比較文学文化。著書に『啓蒙の世紀の神秘思想――サン＝マルタンとその時代』（東京大学出版会、二〇〇六年）、編著に『翻訳とアダプテーションの倫理――ジャンルとメディアを越えて』（春風社、二〇一九年）、翻訳にサン＝マルタン『クロコディル――18世紀パリを襲った怪物』（国書刊行会、二〇一二年）など。

永遠《えいえん》なるカミーノ――フランス人作家《じんさっか》による〈もう一《ひと》つの〉サンティアゴ巡礼記《じゅんれいき》

二〇二〇年二月二七日　初版発行
二〇二四年一〇月五日　二刷発行

著者　ジャン＝クリストフ・リュファン
訳者　今野喜和人　こんの　きわひと

発行者　三浦衛
発行所　春風社　Shumpusha Publishing Co.,Ltd.
横浜市西区紅葉ケ丘五三　横浜市教育会館三階
〈電話〉〇四五・二六一・三一六八　〈FAX〉〇四五・二六一・三一六九
〈振替〉〇〇二〇〇・一・三七五二四
http://www.shumpu.com　✉ info@shumpu.com

装丁　長田年伸
印刷・製本　シナノ書籍印刷株式会社

乱丁・落丁本は送料小社負担でお取り替えいたします。

ISBN 978-4-86110-674-3 C0026 ¥2500E